講談社文庫

次の人、どうぞ！

酒井順子

JN051488

講談社

次の人、どうぞ!

酒井順子

講談社

女性主導セックスの時代

「アンアン」と言えば若い女性向けの雑誌であり、「週刊現代」読者の皆さんとはあまり関係の無い世界。ですが、そのセックス特集については、噂《うわさ》を耳にしたことがある方もいるのではないでしょうか。

女性誌の中では、早くからセックス特集を手がけていた「アンアン」。「セックスで、きれいになる。」という特集タイトルは印象的でしたし、ジャニーズアイドルがヌードになったり、アダルトＤＶＤが付録だったりと、常にアグレッシブな姿勢を見せていました。若い女性達の性に対する欲求を全肯定し、時に先取りしてきたのが、「アンアン」だったのです。

しかし若者達があまりセックスに興味が無いと言われる時代に、セックス特集はどうなっているのか。……と思っていた時、やはり夏は恋の季節だからなのか、今年も出ましたセックス特集。特集タイトルはズバリ「愛とＳＥＸ」。表紙は、関ジャニ∞《エイト》

の横山裕《よこやまゆう》さんのヌードです。

開いてみると、目に入ってきたのは、見開きの広告。そして私は、その頁《ページ》に釘《くぎ》づけになりました。

パナソニックの広告なのですが、メインコピーは「アンダーヘアは、ファッションだ。」というもの。パンツ一枚の男性モデルの写真が載っていて、「男を、Designする。」「見えない所まで美しく。これからはアンダーヘアだって、自分らしく整える時代。」といったサブコピーも記されています。

商品名は「ボディトリマー」。すなわち、男性の陰毛を整えるための機器らしい。ヨーロッパでは男性も無毛が基本だというし、日本にもその波がやってきたのか。しかしこの広告では、アンダーヘアをハート形や稲妻形に整える提案もなされているが、そういった形状は果たして「アリ」なのか。……等、私の頭には様々な疑問が浮かんだのですが、さらに思ったのは「なぜこの広告が女性誌に載っているのか」ということでした。

「これを使ってアンダーヘアを整えてみては？」と、女性から男性に勧めたりプレゼントするといった需要を発掘しようとしているのか？　……と思ったら、まさにそのようでした。女性はアンダーヘアの手入れをする人が増えてきたが、これからは男性もそうすべき。「セックスの際の密着感もぐっとアップ」するのであり、アンダーヘアのケアは「カップルの新しいスタンダードになりそうです」とのことではありませんか。

さらに頁をめくっていると、「SKYN」というコンドームの広告も載っていました。こちらは三人の「SKYN女子」が、セックスについて語り合うというつくり。

「安心できないと、良いSEXはできない！」ということで、

「自分でもコンドームを準備しようって気持ちにもなった」

「いいコンドームに出合うと、SEXにも前向きになれるんだね」

といった会話がなされているのです。

これらを見て思ったのは、「もう、男性に期待する時代ではない」ということでした。ボーイフレンドのアンダーヘアが不満なら、女性が自らトリミングしてあげる気概が必要だし、男性にコンドームを用意しておいてもらいたいという考えも、もう甘い。妊娠や性病が心配ならば、自分でコンドームをさし出さなくてはならないのでしょう。

私が若かった時代はまだ、「求めるよりも、求められる側でいたい」からこそ「女はセックスにおいて、受け身」という認識が一般的でした。だからこそ避妊要請も言

い出せず、後から困ったことになったケースも。女性が自分からセックスに物申すことができるようになったとは、良い傾向であることよ。

……と、さらに頁をめくってみるとまた、一瞬「?」と思う広告が載っていました。

パッと見、口紅のようなものの写真が載っているのですが、どうも口紅ではなさそうで、「進化したセルフプレジャーアイテム」と書かれています。他にも、可愛らしい色や形の物体の写真が並ぶこの「セルフプレジャーアイテム」とはそう、女性用の自慰グッズ。スイッチを入れると、先端部分が振動。「先端が少し割れているので、気持ちいい部分を挟んだり、沿わせたり…。そんな繊細な使い方もできるのです」とのことでした。

男性視点で作られたその手のグッズは、色や形がエロかったりグロかったりしがちです。が、この広告に載っているものは、女性が持っていても、自己嫌悪に陥《おちい》らなさそう。

性について、女性が受け身でいても、もう何も始まらない。今は「自分で何とかしなくてはならない」という時代なのだという確信は、この広告でますます強まりました。性欲を満たすことができないならば、セルフプレジャーアイテムでどうにかするのが、今時の若い女性なのです。

カップルズホテル、すなわちラブホの広告もこの号には大量に出ているのを見ると、女性側から「ここに行きたい！」と誘うのもアリ、なのでしょう。コンドームやオナニーグッズ、そしてラブホの広告というと、昔は男性誌に出ていたような気がしますが、今やお洒落《しやれ》な女性誌がその舞台。性の主導権は女性が持った方が、何かとうまくいく世のようです。

〈追記〉さらに年月が経ち、この手の行為においては、どちらが主導しようと相手の「同意」を得ることが重要になってきている。ちなみに、二〇二一年夏の「アンアン」セックス特集の表紙は、Ｓｅｘｙ Ｚｏｎｅ・中島健人さんのヌード。パナソニック「ボディトリマー」の広告や、セルフプレジャーアイテムの記事も、健在である。

楽しい老後を過ごす能力

到来物などを、いつもお裾分け《すそわ》させていただいていた、ご近所の奥様。その方は私の亡き母のママ友であり、私にとっても旧知の間柄です。

先日も、たくさんいただいたお菓子を届けようとお宅に電話をかけました。すると、

「ただ今、使われておりません」

とのアナウンスが流れるではありませんか。

脳裏には、不安が広がります。何かあったのではなかろうか……と、急いでお宅まで出向いてベルを押しても、反応無し。一人暮らしの方なので、もしものことがあったら……、という嫌な予感すら漂います。

しかしその不安は、私の幼稚園の同級生であるその方のご子息に電話すると、氷解しました。

「○○園に入れることになって、バタバタと引っ越したんだよね」

とのことではありませんか。
○○園とは、区内にある公共の高齢者施設。費用も安く、非常に設備も良いということで、とても人気があるのです。
そういえば以前、

「いつ順番が来るかわからないから、○○園にはもう、申し込んであるのよ。順子ちゃんも、六十代になったら申し込んでおいた方がいいわよ！」

と、そのご婦人から言われたことがありましたっけ。七十代後半にして、とうとうその順番が回ってきたのでしょう。

とはいえ、母親と同世代の方がもう施設に……と、少し寂しい気持ちになっていたところ、数日後に我が家のチャイムが鳴りました。外に出ると、門前にはそのご婦人が。

「ごめんね、何も言わず引っ越しちゃって。突然順番が来たから、急いでたのよね」

とのことではありませんか。

「こんな所なのよ」

と見せてくださったパンフレットは、とても素敵。広大な敷地、豊かな緑に、

「軽井沢みたい……」

と感動していると、

「そうなの、とても都内とは思えないわよ。もう本当に楽しくって、入れてよかった！」

と、晴れ晴れとした表情。

先に入居しているお友達がいて、寂しくもないのだそう。家からもそう遠くないので、

「行ったり来たりもできるのよ」

ということではありませんか。

ご婦人があまりにも生き生きとしている様子を見て、ご近所の同年配の友人達も施設を見にやってくるそうですが、皆、感動して帰るとのことでした。

「今度遊びに来てね。順子ちゃんも早めに申し込んだ方がいいわよ。じゃあね～」

と念押しして元気に立ち去る後ろ姿からは、「ルンルン」というオノマトペが立ちのぼるかのよう。

その姿を見て私は、「時代は変わった」と思ったのでした。私が子供の頃は、「高齢者の世話は家族でするもの」という感覚があったものです。お年寄りを施設に入れる

のは恥、と思う人も少なくなかった。

しかし今、施設を利用するのは当たり前のこと。本人も家族も、「恥」だなどとは全く思っていません。

今の高齢者、特に女性というのは、私が子供の頃に、高齢者介護を一手に担っていた世代です。それも、一家の嫁が舅・姑の介護をして当然、という意識が強かった。○○園に入ったご婦人も、自分の親と舅・姑の介護でさんざ苦労した方なのであり、

「絶対に、この苦労は子供達には味わわせたくないと思ったから、早めに申し込んだのよね。あなたのお母様は、早くに亡くなったのは可哀想だったけれど、今にして思えば本当に子孝行よ」

と言っていましたっけ。

そんな彼女を見ていると、高齢者となっても必要なのは、情報収集能力と行動力であることがわかります。もちろん、潤沢な経済力を持っているのならば、贅沢《ぜいたく》な民間高齢者施設はいくらでもありますが、彼女はそういうわけではない。そんな中で自分に適した施設に目星をつけ、早いうちから申し込み、時には、

「いつ頃、入れるかしら？」

と、施設に確認しに行くことも忘れなかったのだそう。他人任せにするのではなく、自分で自分の身の振り方を考えていたのです。

もう一つ、施設で暮らす時に重要なのは、コミュニケーション能力です。友人知人の親御さんや、会社員時代の上司等を訪ねて、高級高齢者施設、リハビリ病院、サ高住等を訪ねたことがありますが、特に社会的地位が高かった男性などは、プライドが邪魔をするのか、なかなか他の人と仲良くなりにくい様子。ご婦人の方が、楽しそうに暮らしているのです。

老老格差は、経済力においてのみつくものに非《あら》ず。それまでの人生をどう過ごしたかが、高齢者の生活には現れてくるのでしょう。

してみると私には、楽しい老後を過ごす条件が全て欠如していることに気づくのでした。本連載のタイトル「気付くのが遅すぎて、」を見てもわかる通り、情報には常に遅れがち。新しい世界に飛び込む行動力も無い。比較的外出好きなひきこもり、程度のコミュニケーション能力しかなく、施設で楽しく過ごすのはどうも無理そうではありませんか。

ま、その頃になったら「一人が好きな高齢者もいる」ということが周知されているかも。「孤独死」という言葉も、今のように特異な状況としてではなく、単なる死の一形態として使用されるといいなぁと、密かに思います。

増田《ますだ》明美《あけみ》さんが拓《ひら》いた道

世界水泳やら男女の全英オープンゴルフやら世界陸上やら、深夜まで放送しているスポーツ中継をつい眺《なが》めてしまい、寝不足気味のこの夏。不倫のニュースにいささか食傷気味のところに、スポーツの映像は爽《さわ》やかに映るものです。

世界陸上で女子マラソンの中継を見ていたら、増田明美さん、高橋尚子《たかはしなおこ》さん、そして野口《のぐち》みずきさんという豪華トリプル解説陣のお話を聞くことができました。その顔ぶれは、まるで日本女子マラソンの歴史を見るかのよう。

女子マラソンの歴史は、そう長くはありません。一八九六年の第一回の近代オリンピックの時から男子マラソン競技は始まりましたが、長らく「マラソンは女性には無理」とされ、女性だけの公式のマラソン大会が初めて開催されたのは、一九七九年。オリンピック競技として初めて採用されたのが、一九八四年のロサンゼルス大会においてなのです。

ロサンゼルスオリンピックに佐々木七恵《ささきななえ》さん（故人）とともに日本代表選手として出場したのが、増田明美さん。女子マラソンという競技を日本に知らしめ、広めた立役者です。

増田さんに憧《あこが》れて走り始めた女の子も、多かったことでしょう。その後の日本女子マラソンはどんどん強くなり、二〇〇〇年のシドニーオリンピックでは高橋尚子さんが、二〇〇四年のアテネオリンピックでは野口みずきさんが、金メダル。Qちゃんが金メダルをとったのは、もう十九年も前のことなのですねぇ。

このように増田さんが拓いていった、日本の女子マラソンの道。そして今回の世界陸上のトリプル解説を聞きつつ思ったのは、「増田さんは、マラソン解説の道も拓いた人なのではあるまいか」ということでした。

増田さんと言えば、選手の好きな食べ物から家族の情報まで、競技以外の部分も綿密に取材し、解説するのが特徴。あまりにも細かい情報に、中継を担当するアナウンサーが、

「そうですか……」

とだけ言って絶句、といった場面もあったりします。マラソンという、競技時間が長いスポーツであるからこそ、視聴者を退屈させないための工夫を、増田さんは盛り

込んだのでしょう。それは「顔の見える解説」なのです。

増田さんはマラソンのみならず、あらゆるスポーツの解説界にイノベーションを起こしました。昔は、スポーツ解説者というとその競技のことだけを説明する役であり、話が下手でも、素人《しろうと》さんだから仕方がないとされていましたが、増田さんはそこに改革をもたらしたのです。

増田さんのみならず、高橋尚子さんも野口みずきさんも、解説が非常にお上手です。高橋さんは、現役を引退したての頃は素人っぽい雰囲気で話していたのが、めきめきと力をつけて、今やスポーツキャスターとしての風格が漂《ただよ》う。野口さんも冷静な語り口で、的確なことをおっしゃいます。おそらく増田さんという先輩が解説の名手として存在するからこそ、後輩達も負けじと腕を磨《みが》いたのではないでしょうか。

解説界における増田さんのイノベーションは、その内容のみならず、話し方にも見られます。昔、マラソンに限らずあらゆるスポーツの解説者達は、明らかに声が素人でした。玄人声《くろうとごえ》のアナウンサーと素人声の解説者がセットでスポーツ中継が成立したのであり、解説者の声に、聞きやすさや滑舌《かつぜつ》の良さは求められなかったのです。

そんな中で増田さんは、解説界に美しく聞きやすいという玄人声を持ち込みました。増田さんは、朝ドラ「ひよっこ」のナレーションも務めたほどの美声の持ち主。

二時間半のマラソン中継が、気持ち良く流れていきます。

　高橋さんや野口さんも、非常に聞きやすい声で話されます。増田さんは高めの美声ですが、お二人は低めで落ち着いた声。二人とも素人の話し方とは一線を画しているのは、やはり増田さんという先輩が美声解説の道を拓いたのを見て、話すトレーニングをされたからではないか。さすがオリンピック金メダリスト、引退後も努力をされているのだなぁ。

　現役を退いたアスリートの余技という感じだった解説を、一つの芸として確立した増田さん。その影響は他のスポーツにも見られるようで、増田芸にならった解説をする人も見られるようになりました。

　しかし全英オープンゴルフを見ていて思ったのは、美声解説という面においては一人だけ先達《せんだつ》がいた、ということです。それは他でもありません、ゴルフキャスターの戸張捷《とばりしよう》さん。声優ばりの美声と説得力のある話し方は信頼性が高く、プロゴルファーではないのに、長年にわたってゴルフの解説をされている戸張さん。ゴルフもやはり競技時間が長いスポーツなのであり、だからこそ解説技術が磨かれていったという面もあるのではないか。

　二〇二〇年の東京オリンピックに向けて、選手はもちろんのこと、解説の分野でも熾烈《しれつ》な競争が繰り広げられるに違いありません。自国開催のオリンピックにおいて「解説を担当したい」と願う元アスリート達が切磋琢磨することによって、各競技における解説技術もまた、向上していくのだと思います。

プリンセスの夫の職業

秋篠宮《あきしののみや》家の眞子《まこ》さまと小室圭《こむろけい》さんの婚約内定会見の後、さるおばさまが、

「アルバイトみたいな人と結婚って……、眞子さま大丈夫なのかしらねぇ？」

と、ブツブツ言っていました。

やはりこのようなニュースの時は、日本中が姑目線になるもの。今や自分の家のヨメやらムコやらにおおっぴらに文句をつけるのは困難な世の中ですので、小室さんは誰もが勝手に文句をつけることができる、格好のバーチャルムコと化しているのでしょう。

小室さんは大学院に通う一方で、法律事務所に勤務していると報道されています。会見では「正規職員」ということを強調されていましたが、おばさま方からすれば、「弁護士ではない」という時点で「アルバイトみたいな人」に見えるのかもしれません。

アメリカのドラマ『SUITS』でもおなじみですが、法律事務所には、弁護士のアシスタントをするパラリーガルという職種の人たちがいるのだそう。どうやら小室さんもその手の仕事をしている模様です。

『SUITS』に登場するパラリーガルは美女ばかり、そしていつもやたらと露出度が高い服装をしています。色っぽい歯科衛生士さんをつい思い浮かべてしまう存在なのですが、アメリカの法律事務所に勤務する友人に、

「パラリーガルって、みんなあんな裸みたいな格好で働いてるの?」

と聞けば、

「まさか。実際のオフィスでは、露出度の高い服装はご法度《はっと》。ドラマだからあんな格好をしているだけだろう」

と言っていました。そういえば『SUITS』でパラリーガルを演じているメーガン・マークルは、イギリス王室のヘンリー王子と交際していることが知られていますが、パラリーガルとかパラリーガル役というのは、ロイヤルファミリーからモテるのかも……?

ある弁護士さんは、

「眞子さまのお相手がパラリーガル、ねぇ」

と、やはり姑感覚で言っていたものです。小室さんはパラリーガルをしつつ弁護士を目指しているという話もありますが、プリンセスのお相手が勉強中の身の上であることが気になる人もいるのだと思う。

しかしそれもまた若者らしくてよいのではないかと、私は思います。小室さんが三十五歳で「勉強中」の身だとしたら少し心配になるかもしれませんが、彼はまだ二十五歳（二〇一七年当時）。プリンセスと結婚することによって、より一層頑張って勉強する気になることでしょう。

とはいえ試験は水ものですから、小室さんが弁護士になれない可能性もあります。私の友人も、弁護士を目指して勉強中の実質無職の男性と結婚し、

「まぁ、今は不安定でも、将来は弁護士夫人になるんだから、いいわよね」

と友人達から祝福されていました。結果的に、努力はしたものの彼は弁護士にはなれなかったのですが、彼女が大黒柱のまま、子供もつくって家庭生活を続けています。

それもまた人生ということで、幸せな家庭生活を送っている彼女達。今時、男でも女でも、なれる方が大黒柱になればいいのであり、「女性の方が主たる稼ぎ手」という家庭はいくらでもあります。

むしろ今は、大黒柱などという存在が消えかけてもいます。同じくらいの太さの柱二本で家を支える方が、現実的なあり方。

ひと昔前のプリンセスであれば、小室さんのようなお相手との結婚は考えづらかったことでしょう。たとえば昭和天皇には五人の皇女が生まれ、夭折《ようせつ》した一人を除いた四人は、いずれも皇族や旧華族の家に嫁いでいます。親や一族の意思というものが介在していたことを感じさせる嫁ぎ先です。

対して今のプリンセス達を見ていると、三十代半ばまで独身の方もいますし、お相手探しは自己責任の面が多い気がしてなりません。そうなると、日本全国にいるバーチャル姑達を満足させるお相手を見つけるのは、なかなか難しかろう。

そんな中で眞子さまは、結婚相手を自ら見つけただけでも素晴《すば》らしい。夫が弁護士になれるように支える覚悟があるのでしょうし、また「夫が弁護士になれない」という可能性も、自覚していらっしゃるのではないでしょうか。

どのような職場においても、アシスタント的な業務＝女性、という印象が、今までは強かったものです。しかし、昔は「看護婦」と言われて女性のみと思われていた看護師さんも、今や男性が珍しくない。今まで男性の歯科衛生士さんに会ったことはありませんが、いてもよかろう。自分が主体となって事を進めるよりも、「きめ細やかに心を配って仕事がスムーズにはかどるようにする」ことが得意な男性というのも、きっといるはずだと思うのです。

そんなわけで小室さんがパラリーガルの道をずっと進んだとしても、それは悪いことではありますまい。仕事場においても家庭においても、良きサポート役に徹することができる男性もまた素敵なわけで、今風な家庭のあり方を世に示す存在になることができるのではないかと思います。

〈追記〉その後、小室さんの周囲に様々な問題が発覚し、結婚は延期に。小室さんはアメリカ留学へと旅立った。一方、メーガン・マークルはヘンリー王子と無事、結婚して出産も果たしたが、ヘンリー一家はその後、イギリス王室から離脱。メーガンさんはアメリカにおいて、王室で人種差別を受けたことを告白するなどしており、日本ではメーガンさんと小室さんのタフさを重ね合わせて見る向きも多い。

「不倫ブーム」の行く末

不倫を糾弾する〝砲〟に、国会議員達も打たれる昨今。そろそろ「一夫一婦制の廃止」を国会に提案する議員さんが登場してもいいのではと思うも、そのような人はいないわけで、まだしばらく不倫ブームは続くことでしょう。

考えてみれば大きな不倫ブームは、今までにも何度かありました。戦後初の不倫ブームは、一九五七年に刊行してベストセラーとなった三島由紀夫《みしまゆきお》の『美徳のよろめき』による、よろめきブーム。その後には、一九八〇年代半ばにヒットしたテレビドラマシリーズ『金曜日の妻たちへ』による、金妻ブーム。そして今またビッグウェイブがやってきたということで、約三十年周期で、不倫ブームは繰り返されている模様です。

が、それぞれのブームの様相はかなり異なります。私の記憶に残っている最初の不倫ブームは金妻によるものですが、このドラマは、小綺麗な郊外の町でお洒落な暮らしをする夫婦達を描いていました。

『寺内貫太郎一家』のような盤石《ばんじゃく》な夫婦関係はそこにはなく、妻達も夫達も、あちこちへと心を揺らす。夫婦関係は不安定で当たり前、ということを知らしめたドラマだったと思われます。その影響があったのかなかったのか、晩婚化はこの頃から急激に進むように。

よろめきブームのことはさすがに知らないのですが、久しぶりに『美徳のよろめき』を読み返してみれば、主人公は二十八歳の人妻。一児の母である彼女は、結婚前に一度だけ、避暑地で知り合った同い年の青年と接吻《せっぷん》を交わしたことがありました。その青年とよりが戻った、という形で不倫がスタート。今で言うところの「路チュー」をするシーンなどもあって、昔も今も不倫中の人は脇が甘くなることがわかります。

『美徳のよろめき』は、敗戦から十年少々しか経っていない日本の人々に、憧れをもって読まれたのだと思います。主人公も不倫相手の青年も、上流階級に属する人。ぬるま湯のような日常に飽いた末のラブ・アフェアーは、庶民からしたら贅沢な冒険に見えたのではないか。

当時はまだ不倫という言葉は一般的でなく、『美徳のよろめき』は姦通《かんつう》小説と呼ばれました。姦通罪、すなわち不貞をはたらいた妻とその相手が処罰される法律（ちなみに妻を持つ夫の不倫は罰せられなかった）は敗戦まで存在していましたので、妻の不貞は「少し前だったら犯罪」という行為。解禁されたばかりの、新しい風俗ともいえた不貞行為を淡々とやってのける主人公の姿がまた、庶民にとっては眩《まぶ》しかったことでしょう。

ちなみに主人公の名前は「節子《せつこ》」。貞節とか節操といった儒教由来の観念から来た名であるところがまた、不倫感を募《つの》らせます。

このように過去の不倫ブームは、物語をきっかけとして発生しました。物語に接してうっとりした結果、実際に不倫に走った人もいたかもしれませんが、不倫ブームと言うより、不倫ストーリーのブームだったと言っていいのかも。

対して今回の不倫ブームは、特定の物語が発端になったわけではありません。スタートはベッキーさんの不倫発覚だったかと思われますが、ネットや様々な機器の発達により、従来よりビビッドなスキャンダルが露《あら》わになるように。様々な有名人が血祭りにあげられることによって、庶民は反対に「ああはなりたくない」と「我がフリ」を直す傾向もあり、むしろ実不倫件数は減っているような気も……。

そんな中、ある日の新聞に、瀬戸内寂聴《せとうちじやくちよう》さんのエッセイが掲載されていました。昨今の不倫ニュースをテレビで見た寂聴さんが、ご自身が三十五歳の頃、週刊誌に間違いだらけの不倫スキャンダルを書かれた時の怒りを回想されていたのです。

寂聴さんは、ご自身が結婚していた時に恋をして家を出たことや、離婚後に妻子ある男性と交際していたことを、かつてのエッセイに記されています。私の祖母などは生前、寂聴さんのことを、

「ふしだらな作家さんでしょう？」

と言っていたことがありましたっけ。姦通罪がある時代を生きた平凡な主婦にとっては、週刊誌にあることないことを書かれてしまう女流作家は「ふしだら」に見えたのでしょう。

そんな寂聴さんは九十代の今、「不倫も恋の一種」であり、「恋は理性の外のもの」と書きます。それは雷のように突然降ってくるもので、

「雷を避けることはできない。当たったものが宿命である」

と。

そうした上で励ますのは、山尾志桜里《やまおしおり》さんのことでした。今、山尾さんを本当に励ますことができるのは、寂聴さんくらいなのではあるまいか。

今回の不倫ブームは、不倫ブームと言うより、いじめブームのように見えます。不

倫がばれて全身に矢を受けた人をニヤニヤと眺めているのは、雷に打たれないようにと家の中でじっとしている人達や、雷にすらスルーされる人達。

かつて安倍《あべ》晋三《しんぞう》前首相は、一度失敗した人であっても再チャレンジが可能な社会を目指すとおっしゃっていました。が、果たしてその「失敗」に不倫は含まれるのか。今回のブームをどう着地させるかで、日本の成熟度合いがわかる気がします。

〈追記〉いわゆる「文春砲」で、芸能人から政治家まで、様々な不倫が暴露されていた当時。人気ミュージシャンとの不倫で深手を負ったベッキーさんはその後、元プロ野球選手と結婚。また山尾志桜里さんは、不倫報道から四年後、不倫相手の元妻の自殺等が報じられるなどし、政界からの引退を表明した。

母親孝行は回りもの

学生時代の仲良し達が集まった時に決まって出る話題は、母親に対する愚痴《ぐち》です。男親の方が先に他界するケースが多いので、その後は「一人残された母親をどうケアするか」という問題が浮上するのです。

その時、ケアの担い手はたいてい実の娘に回ってきます。今時の姑は嫁に対して気を遣っているので、両者の間にはある程度の距離が保たれますが、実の母親は、実の娘との距離をグイグイつめてきます。だからこそ中年期の娘達の中には、母親に対してのイライラが募ることになるのであって、

「うちのママの、『私って可哀想』アピールにもう、耐えられない」

とか、

「朝の七時から電話かけてくるのよ、勘弁して……」

など、話は尽きません。

しかしそれでも、頑張って母親孝行している友人達。敬老の日には、「朝からちらし寿司を作り、子供達と一緒に実家に行ってきました」といった孝行写真が、フェイスブックにアップされていました。

「いつもママ孝行してて、偉い！」

と称《たた》えれば、

「あんなの、盛《も》りまくってるに決まってるじゃない！」

と、彼女。

「バアバの所に行くのは嫌だって言う子供達を何とか説得して一緒に行って、無理やり笑顔の写真を撮ってくるのよっ。あれは親孝行の証拠写真！」

ということなのだそう。

別の友人は、いつもお母さんを温泉旅行に連れて行っています。やはり「偉い！」と褒《ほ》めれば、

「偉くなんかないのよ……。昔はしっかり者の母だったのに、今は何も決められなくてぜんぶ私に頼ってくるから、おかしくなりそう」

と、彼女は言います。ビジネスの世界で生きるキャリアウーマンの彼女の感覚は、ずっと専業主婦だったお母さんの感覚とは、あまりに違うのでしょう。

「私は独身だし母親も一人暮らしだから、『一緒に住めば？』とか言う人もいるけど、とんでもない。温泉ですら、一泊が限度。二泊したら、絞め殺しちゃうと思うの……」

と言っていました。

それは決してオーバーな表現ではありません。かつて私も、父を亡くした後に母親と二人で海外に行ったことがありますが、起床時間も就寝時間も全く違えば、「何が食べたい？」「どこに行きたい？」という質問に対して、「何でも……」「どこでも……」と言う割にはこちらが何かを決めると文句を言う、ということにイラつきまくり、暴発寸前になりましたっけ。

それは母親としても同じだったと思われます。実の親子だからこそ遠慮がなくなり、互いにストレスを募らせていくのが、老年と中年の母娘旅行なのです。

しかし友人グループの中でただ一人だけ、「母親に対して特に不満が無い」という人がいるのでした。彼女のお母さんは、心身も経済力もしっかりしていて、今も頼り甲斐があるタイプ。

「私は母親に対してイラつくっていう感覚が、わからないなぁ」

と言う彼女に対して、他のメンバーは、

「母親が重くないって、奇跡だと思わなくちゃ！」

「それは異常！」

と、口々に言うのです。ずっと仲良しの母と娘というのは、それほどレアケースということになりましょう。

私の母親は既に他界していますが、「生きていたら私もどれほどイラついていたか」と思うと、今は友人達の母親孝行活動を応援せずにいられません。お母さんと旅行して精根尽き果てた友人とは、「打ち上げ」と称して食事に行き、毒出しに付き合ったりしているのです。

そんな時、近所の老婦人が、

「スマホの使い方を教えてほしいの」

と、我が家にやってきました。ガラケーからスマホに買い替えたはいいけれど、わからないことだらけ。携帯ショップの人にも嫌な顔をされるというのです。

よし、ここは私が一肌脱ごうではないか。……と教え始めたのはいいのですが、これは確かに難事業でした。パソコンを使用したことが無い人にネットの概念を伝えるのがまず難しいし、スマホのタッチも、上手くできないのです。

さらにご婦人は、

のモノマネがしたいとか……？　まさか「35億！」の意味がよくわからない。

「ブルゾンっていうのを、してみたいの」

としきりにおっしゃるのですが、その意味がよくわからない。まさか「35億！」の

モノマネがしたいとか……？

よく話を聞けば、

「ブルゾンって、本が買えたりして便利なんでしょう？」

と言うのでやっと、

「本が買えるのは、アマゾン。ブルゾンは、ちえみですよ！」

と、理解したのです。

アマゾンも何とか使えるようにしたのですが、作業をしつつも、ご婦人が私のところに来た理由がわかった気がしました。彼女には実の娘も、高校生の孫もいる。しかし実の家族はご婦人にスマホを教えるのがあまりに面倒でリリースしたからこそ、私のところへ漂着したのではないか。

しかし嬉しそうにスマホをいじるご婦人を見て、私は「親孝行は天下の回りものなのかも」と思ったことでした。実の親だと絞め殺しそうになるけれど、他人の親なら優しくできる。既に親の無い身としては、せめて他人の親に優しくしなくてはと、サービスでLINEの使い方も、お伝えしておいたのでした。

老いの花を咲かせるには

秋はテレビ番組の改編期。『ひよっこ』ロス、という人も見受けられますが、私は『やすらぎの郷』ロスかも。

テレビ業界に貢献した人しか入ることができない高齢者施設「やすらぎの郷」を舞台にしたこのドラマは、おおいに話題になりました。脚本を書いた倉本聰《くらもとそう》氏は八十二歳（二〇一七年当時）ということで、シニア世代作のシニア世代ドラマという試みが、斬新だったのです。

私は最初、さほど期待せずにこのドラマを見ていました。自分にとってはまだ遠い世界の話だしなぁ、などと。

しかし見始めてみると、シニアの世界の生臭さに、ひきこまれます。「やすらぎの郷」は理想的な高齢者施設ではありますが、そこには性、愛、金、プライド……といった、人間臭い問題が渦巻く。作者が高齢であるからこそ描くことができる、生きることの凄《すさ》まじさがそこには描かれていたのであり、迫ってきたのは、「明日は我が身」という感覚。

若者向け恋愛ドラマに出演する俳優の顔や名前はわからなくとも、『やすらぎの郷』に出てくる俳優は全てわかる、昭和人の私。実際の人物や出来事を想起させる仕掛けもそこここにあって、たとえば高倉健《たかくらけん》を思わせる伝説のスター「秀さん」を演じたのは、藤竜也《ふじたつや》です。

秀さんはとある事件に義憤を覚え、暴走族の若者のところに殴り込みに行きます。北野武《きたのたけし》監督の映画『龍三と七人の子分たち』でも藤竜也は元ヤクザの老親分を演じていましたが、北野武監督よりも一まわり上で、「やすらぎ」世代の倉本氏の方が、藤竜也の扱い方は一枚上手だった気がします。

そんな折、私はさいたまゴールド・シアターの公演を見る機会がありました。さいたまゴールド・シアターとは、故・蜷川幸雄《にながわゆきお》氏が二〇〇六年につくった、高齢者の劇団。当初、五十五歳以上ということで集まった劇団員は、設立から十年以上が経った今、下は六十六歳から上は九十代までになっています。

蜷川氏亡き後、今回は岩松了《いわまつりょう》氏の脚本・演出での舞台となったのですが、私はここでも「高齢者の舞台」ということで、何となく和やかムードの芝居を思い浮かべていました。舞台に立つ高齢者といったら、客席で孫が「おばあちゃん頑張って」的な横断幕を掲げるような、民謡とかＮＨＫのど自慢しか思い浮かばなかったのです。

しかし私は、さいたまゴールド・シアターに衝撃を受けました。東日本大震災から六年経った福島を舞台としたこの芝居。復興のために奮起する高齢者達の前にたちはだかる巨大なイノシシは、原発や放射能を象徴する存在です。人々はイノシシに怯《おび》え、時に争い、時に助け合う。そこに東京から一人、恋人を探しに若い女がやってきて……。

藤竜也や浅丘《あさおか》ルリ子《こ》といった、誰もが知っている役者は一人も出てきません。車椅子の人もいるし、時には台詞《せりふ》がつっかかったりもする。病や怪我で、舞台に立つことが叶わなかった劇団員もいるのだそう。

しかし、ほんの十年前までは演技経験が無かった三十数名の高齢者達は、濃厚な役者として存在していました。一つ一つの台詞からそして動きから、それぞれの人生が立ち上るかのような緊張感が溢《あふ》れ、気がつくと最後には滂沱《ぼうだ》の涙……。

日本では「老いの文化」「老いの美学」といったものが継承されている、とパンフレットに太下義之《おおしたよしゆき》氏が書いていました。伝統芸能の世界では確かに、老いたからこそ出すことができる芸があるものです。

そして高齢化社会を迎えている今、老いの文化は伝統芸能にのみ息づくものではなくなってきているようです。伝統芸能のように子供の頃から積み上げてきた結果として老境で咲く花のみならず、「超」高齢社会であるからこそ、セカンドキャリアとして選んだ道で老いの花を咲かせる可能性もある。

蜷川氏は、劇団員に対する指導も厳しかったのだそうです。それもやはり、ご自身も同年輩であるからこそできたことだったのでしょう。「ボケないため」とか「健康のため」といった守りの姿勢での活動でなく、高齢者だからできる舞台、高齢者にしかできない舞台を求めていたがための姿勢だったのだと思う。

特に女性は、平均寿命が九十歳に届かんとしている日本。定年退職や子育て卒業の後、長い長い余生が続くことになります。その時間をどう過ごすかは、個人にとっても国にとっても大きな問題であり、ゴールド・シアターのような活動は、一つの方向性を示すものなのでしょう。

私が生きる本の世界においても、瀬戸内寂聴さんや佐《さ》藤《とう》愛子《あいこ》さんをはじめとし、特に女性で九十歳以上の方々が、ばんばん売れる本を書いていらっしゃいます。会社員の友人からも、

「物書きは、何歳になってもできるからいいなぁ」

と言われるのです。

が、考えてみれば現時点で九十代女性の本がばんばん売れているということは、私がその年頃になった頃、既に老女ネタは書き尽くされていることになりはすまいか。何を書いても、「そういうの、もう佐藤愛子さんが書いてたよ」と言われたりするのかと思うと、「ゴールド・シアターに入って舞台に立ってみたい」といった、新機軸の夢想が広がってくるのでした。

嫌われる百合子《ゆりこ》

「日本で女が男よりも出世しない理由は、最後に嫌われることを避けようとするからだと思うのよね」

と、企業で働く友人がしみじみと言っておりました。

「出世する男の人って、『清濁併《せいだくあわ》せ呑《の》む』というところがあるけど、女はつい『清』ばかり求めがち。悪く言われるのが嫌だから、リスクテイクもしないし」

とのことなのです。確かに、ある人には嫌われても、別の人には強烈に気に入られることを選ぶ方が、出世にはつながることでしょう。『嫌われる勇気』という本がベストセラーになりましたが、本当にその勇気を持つ人は多くない。

そこで私が思い浮かべたのは、もちろん小池《こいけ》百合子さんです。人気もあるけれど、一方ではひどく嫌われているのが、小池さん。希望の党が民進党と合流する時も、「排除」という強い言葉を使用し、自分のことを嫌う人をまた増やしました。

小池さんは安倍さんの「オトモダチ」政治をしばしば批判しておられますが、小池さんからは確かに、オトモダチの匂いが漂いません。政界渡り鳥ができるのも、そのせいなのかも。

嫌われることが平気という意味で、小池さんの存在は新しいのです。この国においては、女性政治家のみならず、女性達が「嫌われないようにする」ということに対して、今までどれほど力を注いできたことか。「女は優しくて包容力があって、何でもやってくれて何でも許してくれる存在」というイメージに合わせることに必死になっているうちに、何かを失った人も多いのではないか。

強い女性というだけであれば、昔から存在します。しかしそこには必ず、「強い、けれど意外に○○」という言い訳のようなものがくっついていた。

たとえば、和田《わだ》アキ子《こ》さん。身体が大きくコワモテだけれど、彼女も「でも意外に涙もろい」とか「意外に怖がり」といったアピールを、常にしています。強くて怖いだけの女じゃないんです、というギャップを見せることによって、嫌われないようにしているのでしょう。

吉田沙保里《よしださおり》さんのような強い人も、バラエティ番組で見る時は、いつも女性らしい服装。そして結婚を夢見る可愛い乙女として登場している。

女性政治家もまた、嫌われないために必死です。そもそも有権者に嫌われないようにしなくてはならないのが政治家であるわけですが、男社会である政界においては、「男に嫌われない」ということもまた、大切になってきましょう。だからこそ、過剰にフェミニンなファッションの人（例・稲田朋美《いなだともみ》さん）などもいるわけです。

しかし小池さんは、そのあたりにほとんど力を割いていないように見えます。実は私、『小池百合子写真集』というものを持っているのですが、一般的に女性の写真集というと、「触れなば落ちん」的な柔らかい女性性がアピールされるのに対して、こちらは全く違うスタンス。ドMの知人が「グッとくる……」とつぶやく仕上がりです。

ピラミッドとスフィンクスをバックに微笑《ほほえ》む若き日の小池さんが表紙の、この写真集。そこには、クレオパトラと言うよりはファラオの風格が漂います。若き日の水着写真なども収められていてかなりお得感があるのですが、子供の頃から現在に至るまで、小池さんは常に堂々としているのです。

唯一、入院中の病室でパジャマ姿の写真からは、か弱い感じも漂いました。が、入院中のノーメイク姿を写真集に収めることができる女性は、「どんな顔を見られても平気」という、むしろ尋常でない強靱《きょうじん》さを持っていました。

写真集を出したフォトグラファーの鴨志田孝一《かもしだこういち》氏は、一九九二年から小池さんの取材を始めたそうです。その鴨志田さんも、あとがきに「私が知る限り唯一、彼女の気持ちが本当に安らいだ、女性らしい優しい表情」が撮れたのは、小池さんの自宅で愛犬「そうちゃん」と一緒の時だけ、と書いておられる。

つまり小池さんは、「こう見えて普通の女性なんです」アピールをしない人なのでした。写真集の中にエプロン姿の写真は一枚ありましたが、これみよがしな料理写真は無い。和田アキ子さんのように、すぐ泣いたりもしない。演説を聞いていても冷静で、一切テヘペロ無し。

我が国の女性は、若い頃から、

「男性に好かれるためには、隙《すき》を見せなくてはいけない」

と言われて育ちます。結婚したいのにできない女性は、

「隙が無さすぎる」

と言われるのです。

しかし小池さんは、その手の言葉は無視して生きてきた模様。隙・ソツ・容赦と、全てが「無い」ところがますます、「小池嫌い」の感情を掻《か》き立てるのだろうなぁ。

小池さんは、全方位から好かれてちんまり生き延びていくより、誰かから強烈に嫌

われても上に行く道を選んだのでしょう。今回の選挙においても、また敵を増やした小池さん。そこまでして背負ったリスクによって、何を得ることになるのか……。
彼女がどこまで「上」に行くのかは、わかりません。が、いつか『小池百合子写真集』を持っていることが自慢できる日がくるまで、大切に保存しておこうと思っています。

〈追記〉新型コロナウイルス問題や東京オリンピック対応といった激務に加え、「そうちゃん」の死も重なり、小池氏はオリンピック直前の二〇二一年六月、過労で入院することとなった。

神頼みじゃダメ！

飛行機で島根へと降り立った時、そこが「出雲縁結び空港」と名付けられているのを聞いて、「島根の主産業って今や『縁結び』なんだ……」と感慨深く思った私。島根というと、鳥取と並んで地味な印象のある県ですが、鳥取が「鳥取砂丘コナン空港」ならこちらは縁結びと、アピールポイントが一目でわかる空港名になっています。

出雲大社が縁結びに「効く」とされているということで、縁結び効果をアピールする島根。結婚難が盛んに言われる今であるからこそ、縁結びは産業となるのです。

縁結びの効能としては出雲大社が最も名高いわけですが、出雲には他にも縁結び的パワースポットとされる場所があります。中でも有名なのは、かつて江原啓之《えはらひろゆき》さんが紹介したことで一気に有名になった、八重垣神社でしょう。

八岐大蛇《やまたのおろち》から稲田姫《いなだひめ》を守った、素盞嗚《すさのお》。素盞嗚が稲田姫と結ばれた地ということで、八重垣神社は通好みの縁結びスポットとなっているのです。

今回、久しぶりの八重垣神社訪問となった私。前回訪れたのは三十代の負け犬盛りの頃だったっけ。この神社には、硬貨を載せた和紙を池に浮かべ、はやく沈むか否かで願いが叶う時期がわかるという占いがあるのですが、林の中の小さな池のほとりで紙を凝視する私の姿からは、さぞ鬼気迫るものが漂っていただろうなぁ。……と、往時を思い起こしてみる。

今も八重垣神社には、良縁を願っていると思しき女性達がいました。池に行ってみると、思いつめた顔で水面を見つめる女性の姿が。彼女からは、「一人にして」オーラがびんびんに漂っています。出雲大社は、女性何人かで、レジャー気分で縁結びのお願いに来る人が多いのに対して、こちらは単独行が多い。それだけマジ、ということなのでしょう。

男性の姿も見受けられました。今や男性も、神頼みで縁結びなのだなぁ。……などと思っていたわけですが、真摯《しんし》に手を合わせる善男善女に対して、私は次第に、

「神頼みでいいのか！」

と、言いたくなってきました。

結婚したいのにできない、ということで神様にすがりたくなる気持ちはよーくわか

ります。が、結婚難がいっこうに解決しない日本の様子を見ていると、出雲の神々も今や、キャパシティーオーバーなのではないか。

周囲を見ていても、かなりの年まで独身で、焦《あせ》ったけれども結局結婚できたという人は、神頼みに走ってはいませんでした。お見合いをしたり、結婚情報サービスに登録したり、ネットで出会いを求めたりなど、必死に「人事を尽くした」人が、最終的には結婚したのです。

ですから私は、八重垣神社の池にたたずんでいたそう若くはない女性達に駆け寄って、

「神頼みだけじゃダメ！」

と、言いたくなったのでした。いっそのこと、出雲大社も島根県も、それほどまで「縁結び」をアピールするならば、マッチングシステムでもつくって結婚相談に応じればいいのに、とも思った。

人々が神頼みに走る理由も、理解はできるのです。やはり「恋愛で結婚した」ということにしたいのが人の常。神に祈ることによって、相応《ふさわ》しい相手が目の前に降臨し、思い思われやがて結婚、というストーリーが理想なのでしょう。

そんな時、雑誌「ブルータス」において開運特集というものが組まれていました。

男性誌というと、占いとかスピリチュアルといったものには無縁の印象があります。それも「ブルータス」といえばお洒落系男性誌なのであって、「開運」の二文字は不釣り合いな印象。

興味を持って求めてみれば、

「占いとスピリチュアルを上手に使って　ミラクルたっぷりの人生に！」

ということではありませんか。

しかしそこはやはり男性誌。女性誌の占い特集の場合は、様々な種類の占いが目次にずらりと並ぶのに対して、「日本の占いの歴史」みたいなところから入る、理詰めの作りです。

そんな中に、「人は結婚で開運できる？」とか「月星座で占う男の結婚」といったページもあるのでした。「知性や野性を満たす体験を一緒にできる女性が吉」「友情と恋愛を区別せず、結婚後も『親友』関係を」などと、そこにはあった。

男性も迷っているのね。……と、私はそれを読みつつ占いの世界のユニセックス化を感じていたのですが、やはり「それでいいのか」とも思った。

縁結びの神社で必死に祈る女と、雑誌の占いを見て「今年は十二年に一度のラッキーイヤーなのかー。いい事ありそう」などと座して待っているだけの男ばかりになっ

てしまったら、両者は出会いようが無いではありませんか。いくら出雲の大国主《おおくにぬし》とか素盞嗚が頑張っても、

「もう少し自分でも行動してよ」

と言いたくなるのではないか。

以前、婚活でさんざ苦労した末に結婚した人が、

「仕事だと思って必死に婚活に取り組まない限り、結婚はできない」

と言っていました。旅行のついでに縁結び祈願、くらいで結婚できると思うのは、やはり甘い。人事を尽くして天命を待つという姿勢が、結婚においても必要のようです。

『ブレードランナー』の未来

この原稿をパソコンでパチパチと打ち、シュッと送信している私。しかしデビュー当時を思い起こしてみれば、原稿用紙に手書きしたものを編集者さんに手渡しというアナログ作業を行っていたわけで、技術の進歩を感じずにはいられません。

スマホを持つことなく他界した親からすれば、まさか自分の娘が腕にはアップルウォッチ、手にはスマホという生活を送るとは思わなかったことでしょう。一世代の間に、生活はがらりと変わる。……となると、自分が老人になった時に何が最も変わっているかといったら、人工知能関係の事物かと思われます。「近い将来、ＡＩに仕事を奪われる！」といった不安も募る昨今なのですし。

そんな中、公開初日に観に行ったのは『ブレードランナー２０４９』。一九八二年に公開された『ブレードランナー』の三十五年ぶりの新作ということで、我々世代としては非常に楽しみな映画だったのであり、前日に一九八二年版のＤＶＤを観て、期待を醸成してから出かけました。

地球では環境破壊が進み（原作の『アンドロイドは電気羊の夢を見るか？』では、戦争による放射能汚染）、多くの人類は地球外に移住。そこでは人間そっくりに作られたレプリカントが、過酷な労働に就きます。

人間には無理な作業や、きつすぎる作業をロボットに任せるということは、今も行われています。映画の中では、性産業に従事するレプリカントがいる、ということも匂わされている。

しかしレプリカントは、次第に心を持つようになるのでした。そうなるともうほとんど、人間と区別がつかない。人間に反抗するレプリカントも出てきて、それを解任すなわち殺す任務を負うのが、ブレードランナー。

前作は、二〇一九年が舞台で、主演はハリソン・フォードでした。そして今回はタイトル通り、二〇四九年が舞台で、主演はライアン・ゴズリング。

この映画は、「レプリカントに職を奪われた、どうしてくれる」という悲劇を描くものではありません。ポイントは、「レプリカントという異物と心が通じ合ってしまう」という部分です。

一九八二年版では、主演のハリソン・フォードが、レプリカント女性と恋におち、二人で逃げていくところで幕。そして『２０４９』では、少しネタバレになりますので映画を観る予定の方は読み飛ばしていただきたいのですが、ライアン・ゴズリングのガールフレンドは、ホログラムによるバーチャルな存在。スイッチをオフすればいなくなるけれど、主人公にとってその存在感は、次第に増してくる……。

これは一種の理想的な異性のあり方です。どれほど多くのカップルが、「同じ相手とずーっと一緒にいる」ことによって、その仲を冷えきらせていることか。心は人間並みに温かい、けれどスイッチ一つで出てきたり消えたりする恋人や配偶者は、夢の存在に思える。

しかし、そう上手くはいきません。人間の側もホログラムの側も、さらに深く相手を求めるようになってくるのです。技術がいくら進歩しようと、その先のつながりを求めずにいられないのが、人間なのでしょう。

人間が作ったものが、やがて人間に反抗するようになる。これは、ロボットやＡＩといったものに対する共通の恐れです。しかし、人間が作ったものと心を通わせ、愛し合うようになる可能性とその悲劇性も、この映画は示唆《しさ》するのでした。

今のところレプリカントは存在しない人間社会において、境目というものは次第に消すべき、という動きがあります。人間は皆同じなのだから、男女や国の境目は意識せずに生きていこうじゃないのということで、境目の縛りを超えて同性を愛したり、異国の人を愛したりする人は増えている。境を超えようとする動きの先にあるものは、人間と人工物との区別や差別をしない世界なのだろうか。……と、私は映画を観ながら思っていました。

「あそこのお宅の旦那さん、レプリカントなんですってよ」

と言われても、

「あらそう、最近多いわよね」

と、さらっと受け流す。ホログラムのキャバクラ嬢とも楽しく遊び、相手がバーチャルな存在だからといってセクハラ発言をバンバンするのではなく、ちゃんと人格を認める。……と、二〇四九年あたりに求められるのは、そのような能力なのかもしれず、その時におばあさんになっている私は、ついていくことができるのか。レプリカント差別発言を平気でしそうで、怖いよう。

歌舞伎町の映画館で『2049』を観終わって外に出ると、どっぷりと猥雑《わいざつ》な夜の街の光景が広がっていました。それは、一九八二年版の最初で、ハリソン・フォードが雨の夜にうどんをすすっていた街並みとそっくり。客の呼び込みをする茶髪のお兄ちゃんは人間なのか、レプリカントなのか……。

映画の中で地球は、移民できない人だけが仕方なく住む、貧民街のような場所となっています。そして今、子供も増えない我が国においては、労働力不足を補うためのレプリカント導入は、現実的路線なのかも。歌舞伎町というレトロな街は、実は未来的な街なのかもしれず、思わずうどん屋を探した私だったのでした。

漢字の愉《たの》しみ

毎晩、寝床に入って目をつぶったら必ず、何かを数えています。自分が知っている限りの「佐藤さん」の数。国の名前。……等、数えるものは人名・地名と様々ですが、数えているうちに眠りに就く、という寸法。羊を数えるよりもずっと楽しく、「今日は何を数えようかしら」と考えつつ寝床に入るのは、至福のひと時なのでした。

中でもお気に入りは、「部首シリーズ」。にんべんの漢字、うかんむりの漢字……と、部首毎《ごと》に漢字を数えていくのです。さんずいの漢字の数の膨大さに気付けば、人間は水と切り離せない存在であることを感じ、竹かんむりの漢字を数えれば、『竹』っていう字って、本当に竹っぽいわー。このシンプルな形状でこれほど見事に竹を表現するとは、考えた人ってすごい！」と、しみじみ思う。

数えるのが楽しいお気に入りの部首もあって、私の場合は糸へん、しんにょうなどのファンです。糸へんは、「絹」だの「綾」だのといった美しい文字があるかと思えば、「縄」「縛」といった色っぽい（と思うのは一部の人だけかもしれないが）文字もあったりと、そこに人為というものが感じられる文字ばかり。そしてしんにょうは、「遠」「近」「巡」「遥」……と、どこか旅情が漂う文字が多い。それにしても「違」って、軍艦もしくは軍艦島の形と似てるなぁ、などと考えているうちに、寝落ちするわけです。

宮崎美子《みやざきよしこ》さんのようにとはいきませんが、漢字好きな私。文章を書く時も、割と漢字含有率が高めですし、書道を習っていた時は、仮名を優美に書くのは苦手で、がっちりと漢字を書く方に快感を覚えていました。今、通っている習い事が卓球と中華料理であることを考えると、前世では中国にいたのかもしれません。

そんな私が入手したのは、このたび全面改訂した「新字源」。漢字好きと言い張る割に、漢和辞典を引くのは学生時代以来の私、まずは好きなしんにょうを見てみると、いきなりの衝撃を受けます。「辶」の元となっている文字は、「行」と「足」をあらわす「止」との合体形だとのことではありませんか。「行」のぎょうにんべんと「足」がくっついて、うにゃっとさせたものが、しんにょう。なるほど、だから移動に関する文字ばかりなのか！

かねて気になっていたこざとへんについても、引いてみました。するとここでもびつくり、「阝」とはもともと「阜」。「阜」は「段になっている高地のさまにかたどり、小高い『おか』の意を表す」という象形文字。確かにこざとへんって山脈みたい。そういえば岐阜県って、山がちだしなぁ。

宮崎美子さんであればこのようなことはとっくにご存知かと思うのですが、私にとっては未知の事実の連続で、読んでいて飽きません。無人島に一冊持っていくなら漢和辞典がいいかも。

パソコンやスマホが身近になって、今を生きる人々は、歴史上最も漢字に接しているのだそうです。確かに、「かまど」と打つだけで「竈」と出てくるわけで、漢字は身近なものとなった。漢字ブームと言われますが、電子の社会だからこそ、という部分もあるのでしょう。

しかし、パソコンで書くための漢字を紙の辞典で調べるというのも、若者からしたら変な行為なのかもしれません。以前、「電子辞書を持っていない」と言ったら、若者に大層驚かれたことがあります。

「私、学生時代から電子辞書しか使ってません」

と。

その後、私も電子辞書を入手。確かに便利なのだけれど、そのうち紙の辞書に戻ってしまいました。使い込むうちに小口部分が薄汚れてきて、そこはかとない充実感を覚えたり。目的の単語のご近所さんの単語をついでに読むうちに、別の興味が芽生えたり。そんな紙の辞典の古女房っぷりが、忘れられなかったのです。

そういえば亡き父から最後にもらったものはシソーラス、つまり類語辞典でした。新しいシソーラスが刊行されるという報を見て、

「欲しいなぁ」

とつぶやいたら、

「買っておいてあげる」

と、父。

その時、父が既に治癒《ちゆ》が難しい病になっていたことを知っていた私は「これが最後のプレゼントになるのではないか。それってちょっと、美しいお話かも」などと、思っていたのです。

すると後日、シソーラスとともに渡されたのは、領収書でした。

「はい、○○円だったよ」

と。

「自分のものは自分で買え」という主義の父、この期《ご》に及んでもやっぱり……と私は

代金を支払ったわけですが、父が辞典とともに私に渡したのは、「自分の言葉は自分で調べよ」という教訓だったのかも。

そんな教訓を胸に、今日も「新字源」をぱらりと広げたら、そこは門がまえのページでした。「関」「闈」「閥」「閲」……と、見開きいっぱいに広がる門がまえの漢字一つ一つから、門のあちらとこちらで繰り広げられた古《いにしえ》の人々の攻防の図が浮かんでくるようで、やっぱり紙の辞典はやめられません。新年には広辞苑の第七版も出るそうなので、そちらも楽しみにしているのでした。

目が見えない人の世界

　この秋、小学生の姪を連れて、母校の中・高の文化祭を訪れました。もしかしたら姪が受験するかも……？　ということから久しぶりに行ってみた母校は、もはや知っている先生方も少なく、少し寂しい気分。

　しかし不変であったのは、女子中高生達の野性的な雰囲気でした。校内をのしのしと興奮気味に歩くＪＣ、ＪＫからは、まだ社会性を帯びる前の、荒削りな人間の空気感が漂う。男子の視線が存在しない女子校であるが故に、余計にその野性の感覚が全開になっている感じです。

　姪っ子は、そんなお姉さん達に、少し怯え気味でした。

「女子校っていうのはね、決して花園じゃないの。弱肉強食の世界なのよ……」

と、私は心の中でつぶやいていたのです。

　文化祭というのは、学校毎の芸風のようなものを校外の人に見せるための機会なのかもしれません。そこに「文化」があるか否かはわからないけれど、普段は閉鎖されている空間を外に開くことによって、学生達は自分達を見られる存在として意識する。

そんな秋、私はもう一ヵ所、文化祭的な場に行ってきました。東京・高田馬場にある日本点字図書館の、オープンオフィスという催しです。

日本点字図書館とは、日本における点字図書館の中心的存在。田中徹二《たなかてつじ》理事長の著書を、かつて書評で取り上げたことがあり、「遊びにきませんか」とお声がけいただいたのです。

理事長とは初めてお会いしたのですが、そこで「そういえば、目の不自由な方とちゃんとお話しするのは初めてだ」と思った私。街中で、

「信号が変わりましたよ」

くらいのことは話しかけたりするけれど、それ以上のコミュニケーションを取ったことはありませんでした。

そう思うと、「目の不自由な方にとっての第一印象って、どんな感じなんだろう」「私の声のトーンって、暗すぎやしないか」などと、様々な思いが頭を巡ります。

日本点字図書館は、北海道出身で子供の頃に失明した本間《ほんま》一夫《かずお》氏が、一九四〇年に

始めた施設です。戦時中は本を疎開させるなどし、貴重な点字の本を守りました。

今は、国の補助もあって立派な建物となったこの図書館。この日は、誰でも参加できる色々なイベントが行われていました。

まずは点字というものを全く知らなかったので、点字で自分の名刺を作るコーナーへ行ってみます。六つの点で文字を表現する点字、読む時は左から読むのですが、打つ時は右から、ということに驚きました。つまり紙の裏側から、牛乳瓶《びん》の蓋《ふた》開けのような用具で点字を打つので、鏡文字を右側から打つことになる。プチプチと一点ずつ、人生初の点字打ち体験です。

私の本も、点字訳されていました。一冊分が、Ａ４サイズで四分冊になっています。重くて持ち運びは難しいので、貸し出しは全て郵送とのこと。

音声バージョンの本もあるのですが、点字バージョンよりも音声の方が人気なのだそう。

「音声は、寝っ転がっていても聴けますからね。点字を読むのはそうはいかないから」

とのお話に「なるほど！」と思います。

蔵書の中には、著者が朗読しているものもありました。田《た》中《なか》眞《ま》紀《き》子《こ》さんの朗読による『父と私』を聞かせていただいたのですが、確かにあの声！ これは読者にとっては楽しい本となりましょう。

さらにこの催しで私が楽しみにしていたのは、「いっしょに歩こう」というコーナーでした。私の家の近くに、目が不自由な人の施設がある模様で、たまに白杖《はくじょう》の方々を見るのですが、道を渡る時などにお声かけした方がいいのか、するならどうしたらいいのか、いつも迷っていたのです。

目の不自由な方と一緒に歩くには、突然相手を触ったりせず、まずは声をかけてからこちらの肘《ひじ》を持ってもらうとよいこと。普通の速さで歩いてよいけれど、階段の直前ではいったんストップ。……等、教えていただきつつ、一緒に歩いてみる。目が見える私には、見えない方の感覚がわからない、ということがよくわかります。また駅のホームなどで、目の不自由な方が危険な目に遭《あ》いそうな場合は、迷わず声をかけてください、とも。

このような体験は、私にとって思いのほか楽しかったのでした。目の不自由な人は私の身の回りにはおらず、彼等の感覚も知らなかったけれど、ここには確かに独自の文化がある、と思ったから。

目の不自由な人も、またＪＣやＪＫも、限られた世界で生きているという意味では同じなのかもしれません。そんな人達と出会う数少ない機会が、文化祭。

考えてみれば、自分自身もまた、閉ざされた世界の中で生きているのです。知り合いはたくさんいるけれど、似たような業界の人や、似たような生まれ育ちの人ばかりの気が。目には見えねど、塀《へい》の中で生きているようなものではないか。

そんな私にとっても文化祭という催しは、レアな機会。異文化交流は、何も遠い外国まで行ったり住んだりしなくてもできるのであって、とりあえず次に目の不自由な人に出会ったら声をかけてみようかな、と思ったのでした。

セックスレス不倫

今年も世では不倫がブームでした。不倫ブームと言うよりは、不倫について報道することがブームだった、と言いましょうか。ベッキーさんの不倫が報道された時のフィーバーが、まだ続いているのです。

私が若い頃、不倫と言うと、中高年のおじさまがうんと年下の女性と遊ぶ、というイメージでした。おじさま達は、経済力とか経費力を若い女性達に見せることによって、「頼り甲斐がある」と思わせた。その手の不倫が多かったせいで、我々世代は婚期を逃して負け犬化が進んだ、という説もあります。

しかし今となっては、そのパターンの不倫は古臭く見えます。洒落たイタリアンレストランなどでも、スーツのおじさんとノースリーブの若い女子、といった不倫感むんむんのカップルを見なくなりましたし、いても格好悪い感じ。

男の年齢や年収が㊤で女の年齢や年収が㊦という、男高女低型の不倫からは、昭和感が漂います。男性の経済力と女性の若さを交換するというパターンは、女性の立場がまだ弱い時代のものだったのでしょう。

もちろん今も、そのパターンの不倫はあるのです。最近で言えば、板尾創路《いたおいつじ》さんとグラビアアイドル、宮迫博之《みやさこひろゆき》さんとモデルといった不倫がそれにあたるでしょう。が、今のスキャンダル業界では、女高男低不倫、女高男高不倫など様々なパターンが見られるので、男高女低不倫には目新しさが無く、週刊誌的にも盛り上がらない様子。

市井《しせい》の不倫業界においても、男高女低不倫は流行《はや》りません。ある女性雑誌を読んでいたら、やはり「おじさんと若い子」の不倫は過去のもの、とされていました。今はめくるめく刺激を不倫に求める人は減っている。少々のときめきと、家庭では得られないやすらぎとを得るために、おじさんとおばさんによる不倫が増えているのだ、と。

レーサーの佐藤琢磨《さとうたくま》さんの不倫相手も、そういえば年上の四十代女性でした。佐藤氏は「レーサーは危険な仕事なので、安心感が欲しかった」といったことをおっしゃっていたのであり、おじさん・おばさんによる不倫の典型例ではないか。

レーサーのように命を賭《か》けた仕事に就く人でなくとも、不倫にやすらぎを求める人は多いものです。知人の中年主婦達を見ていても、夫に飽いて「触れなば落ちん」状態の人は多い。

そんな主婦の不倫話を聞いていたところ、今風の悩みを打ち明けられたのです。それはすなわち、「なかなか『して』くれない」というもの。

専業主婦の彼女。今は高校生となった末子を妊娠した時のセックスが夫との最後のセックスであり、その時以来、誰とも「して」いない、とのこと。かねて、

「人生最後のセックスが夫とだった、っていうのだけは絶対に嫌なのよ!」

と言っていました。

若い頃はたいそうお盛んだった彼女ですから、当然ながらレスによる不満はたまっています。そんな彼女も子育てが一段落、外に遊びに出るようになって、このたび本望を遂《と》げた模様です。

すなわち学生時代のゼミ仲間達との飲み会で、かつてうっすら恋心を抱いていた男友達と再会。二人で会うようになり、互いの家族の悩みなどを打ち明けているうちに急接近し、ついに「して」しまったというではありませんか。

それはよいのですが、

「でも、その時以来、無いのよ。定期的に会ってはいるし、手を握るとかチューくら

いはあるんだけど。最初の一回で幻滅されたのかしら。不倫でもセックスレスって、どういうこと！」

と、悩んでいる。

草食化の波は、既に中年をも飲み込んだのか。彼女は「なぜしない」とゼイゼイしているのですが、しかし男性側の気持ちも、わかる気はします。既に人生も半ばすぎ、彼も肉体的に様々な不安があろう。常に欲求がみなぎっているわけでもなければ、コンディションが整っているわけでもあるまい。「する」ことよりも、昔から知っている同世代の女性とまったりと語り合うことの方が、楽しいのです。

「それだけあなたに安心感を抱いてるっていうことなんじゃないの？」

と言えば、

「それじゃ夫と同じじゃないの！　夫も子供も、それどころか不倫相手まで私に母親像を求めてくるってむかつく。セックスレス不倫なんて、不倫の意味が無いでしょうよ！」

と、彼女は言います。不倫業界においては、性への意欲という部分では、女高男低なのか。

女性側の不満はあるかもしれませんが、セックスレス不倫は、今の日本人が生み出した知恵なのかもしれません。人生が九十年だ百年だという時代、飽きずに一生を終えるのは大変なこと。一夫一婦制にも、無理が出てきました。そんな時に、「ときめきは欲しい。けれど、『死ぬまでセックス』みたいな無理もしたくない」というセックスレス不倫によって、中年達は人生に彩《いろど》りを加えるのではないか。

世を賑《にぎ》わせた有名人の不倫事件では、「一線は越えていない」とか「男女の関係はありません」といった言い訳が聞かれました。が、案外それは真実だったのかも。ホテルに二人で一晩こもって「何もしていない」のも、あり得る時代になってきました。

母と息子の熱いハグ

NHKで放送された『安室奈美恵《あむろなみえ》「告白」』を、ついじっくり見てしまいました。一時は、安室ちゃんのライブに毎年行っていた私。「その時には既に、引退したいっていう気持ちを持っていたのね……」と思えば、四十歳まであのアスリートのようなライブ活動を続けたことに対する、畏敬の念が湧いてきます。

安室ちゃんの引退や今上天皇の退位と、大きな引退が続く日本。それらを眺めつつ、私達は平成という時代に区切りをつけていくのでしょう。

「告白」の最後の方で、安室ちゃんは子供のことについても触れていました。安室ちゃんの出産当時は、国が少子化解消のシンボルとして、安室ちゃん夫婦を盛んに使っていたものでしたが、その子息ももう十九歳。

安室ちゃんが子離れできず、

「お前うぜぇよ」

などと息子に言われることもある、と言っていました。

完璧なスタイルと美貌、若さを保つ安室ちゃんに対して、それでも息子は「お前うぜぇよ」なんだ……。と我々は驚くわけですが、「まぁ、それが自然だよね」とも思った。十九歳といえば選挙権も持ち、異性に興味しんしんというお年頃。たとえ国民的スターであっても、母親に対しては「うぜぇ」と思うのが普通でしょう。

が、しかし。安室ちゃんの子息の反応は普通ではないのでは？　と思われる事象を、私は先日見たのです。

それは学生時代に私が属していた運動部の、とある集いにおいて。現役学生からOBOG、さらには現役学生の保護者の皆さんも集まる中である男子学生が、「今年の総括」的なスピーチをしたのですが、彼が最後に口にしたのが、

「お母さんへの感謝を言わせてください！」

というものでした。

昨今、学生のスピーチでの「親への感謝」は、大定番のネタです。私達の頃はそのような話をする者はおらず、試合や集いに親が来ることも一切無かったので最初は驚きましたが、さすがに慣れて、もう平然としていられる。ただ、「体育会の学生なら、せめて『お母さん』じゃなくて『母』って言えよ」と、ベテランOGは思ってお

りました。

彼は、

「毎日おいしいごはんを作ってくれてありがとう」

などと、縷々《るる》感謝を述べてスピーチ終了。すると次の瞬間、会場にいた母親を壇上に呼び寄せ、母子で熱い抱擁《ほうよう》を交わしたではありませんか。

これには私もビクッとしました。そして思わず、

「欧米か！」

と、古い合いの手を入れたくなった。

外国の映画などを見ていると、母と息子のハグは、特に珍しいものではありません。が、湿度の高い日本では、既に大きくなった息子と母親の抱擁は妙に生々しく、見てはいけないものを見たような気持ちになった。

OBOG達の間では、ザワザワと不穏な空気が広がりました。が、母と息子は満面の笑みで抱擁を終了。息子に抱かれた後の母親は、イっちゃった後のような上気した顔で、壇上から降りていったのです。

日本の欧米化が進んだから、日本男児もこのようなことを人前ですることができるようになったのか。それとも、親子の密着はますます進んでいるということなのか。

思春期になったら親のことを子供はウザがりだし、しばらくは疎遠になるものではなかったか……。

一九九九年にリリースされた、ドラゴン・アッシュの「グレイトフル・デイズ」が大ヒットしたあたりから、「親への感謝」ブームは始まった気がします。ヒップホップ系の人は、親に感謝するのが得意であり、それが波及したのではないか。

小学校では、二分の一成人式というものが流行っています。二十歳の半分、すなわち十歳の時に、親への感謝を述べたりする催しなのだそうで、子供達はまずここで、親へ感謝することを叩き込まれる模様。

そういえばちょうど二分の一成人式のお年頃である私の姪が、親へのバースデーカードを書く様子を見ていたら、スラスラと「育ててくれてありがとう」と書いていましたっけ。自分が子供の頃は、そんなフレーズは見たことも聞いたことも無かっただけに、私はびっくり。そして、「育ててくれてありがとう」は既に定型文として子供の中にインストールされており、文章の意味を深く考えているわけではないことも知ったのです。

してみると、母親に「お前うぜぇよ」と言い放つ安室ちゃんの子息は、時代の波には乗らない昭和派なのか。周囲の母と息子がベタベタしている中、自分の息子だけが冷たいので、安室ちゃんは寂しい気持ちになっているのかもしれません。

が、そのように育てた安室ちゃんは、ある意味立派です。

「私から離れられなくなるように息子のことを育てている」

などと言う母親も多い中、ちゃんと離れていくように育てたのですから。

子を持って初めて知る親のありがたさ、と言います。が、今の若者は子供の頃から親のありがたさを熟知している模様。彼らが大人になったら、既に感謝に飽きてしまっているのではないかと、余計な心配が湧《わ》いてきたのでした。

〈追記〉その後、「親への感謝」ブームはますます盛んに。もはや私も、親子のハグくらいでは全く驚かない。

「面白い女子」の生きる道

テレビをつけたら『M－1グランプリ』を放送していたので、家事などしながらつい見ていました。優勝は、とろサーモン。感極まる二人を見ていると、もらい泣きしそうになってきます。

とろサーモンの村田《むらた》さんは、ブレイクしない芸人役でドラマ『火花』にかつて出演し、

「売れたいわー」

という台詞を言ったのだそう。それは本当に売れてない芸人が言った本当の台詞であった、とトロフィーを持った彼は語っていましたが、この優勝で人生は激変することでしょう。お笑い好きな人は、こういった物語も含めて、『M－1』などを見るのです。

ある作家さんは、

「最近、小説の新人賞の応募作に、お笑いの世界を舞台にしたものがやたらと多い」とおっしゃっていました。又吉《またよし》さんの『火花』の影響が大きいのはもちろんのこと、「笑い」という陽の世界と、それをつくりあげるために存在する陰の世界の落差の大きさが、物語にしやすいのだと思う。

そんな陰陽が垣間見えた『M－1』を見終わってふと思ったのは、「何か、男ばっかりだったな」ということ。

決勝の舞台に立った十組のうち、九組までが男二人のコンビで、男女のコンビが一組いただけ。ちなみに審査員七人中、女性は上沼恵美子《かみぬまえみこ》さん一人だけ。

過去の優勝者を見てみると、今回を含め十三回開催されている中で、優勝しているのは全て男性同士のコンビ。お笑いのコンペティションは他にも行われていますが、だいたい似た結果といってよい。

テレビを見ていると女性芸人達も活躍しているのでつい忘れがちですが、お笑い界というのは日本政界並みに、マッチョな世界のようです。「芸人」という言葉が示すのは男性のことで、女性は「女芸人」。それだけ特殊な存在ということでしょう。特に女性同士の漫才コンビという存在を昨今はあまり見ない気がするわけで、嗚呼《ああ》、いくよ・くるよが懐かしい……。

筋肉量が重要となるスポーツとは違って、「笑いを取る」という能力に、明確な男女差はないはずです。が、お笑い界に参入している人数だけを見ても、明らかに男性が優位と言えそう。そして『M-1グランプリ』で決勝進出できるようなコンビとなると、女がほとんど消えてしまうとはこれいかに。

……と考えてみますと、「面白い」という能力がもたらす「得」の質量が、男と女ではかなり違ってくるから、ということになりはしまいか。

今、どんな男子がモテるかといったら、「面白い人」です。スポーツや勉強が今ひとつでも、「面白い」という能力によって、彼はモテることができる。

男性お笑い芸人達のモテっぷりを見ても、それは証明されています。今を時めく美人女優と結婚するお笑い芸人もいますし、「今を時めく」とまではいかなくとも、ちょっとした「美人」とか「女優」と結婚する人は多い。「面白い男子」は、面白さを原資として、大人になっても富とモテとを手中にできるのです。

では「面白い女子」は、どうでしょう。女芸人は、今を時めく俳優とも、IT長者とも結婚しません。皆、色々苦労しながら、婚活している模様です。昔を思い返しても、クラスに一人くらいいる「面白い女子」は、ウケてはいたけれど、モテてはいませんでした。

ある「面白い女子」は、三十代になって言いました。

「女が面白すぎてはいけないらしいことが、最近になってやっとわかった。男は、女のギャグに笑いたいわけではなくて、自分が言ったことに対して、女に笑ってほしいだけなのね」

と。

彼女はいつも、

「私より面白い男はいねがー」

と、ナマハゲのように「面白い男」に戦いを挑んでは撃破。だというのに理想のタイプは「自分より面白い男」。

その姿勢が、男性にとっては恐怖でしかなかったようです。彼等は、笑いの沸点が低くて、すぐにコロコロと笑ってくれる女性の方が好きなのですから。

結局彼女は、全く面白くない男性と結婚しました。

「何を言っても笑ってくれて、いいわよ。家庭内で笑いを取り合わなくてもいいんだものね」

とのこと。

お笑い業界での業界内結婚というのも、多くありません。互いに気持ちがわかっていいのではないかと思うのですが、やはり「面白い男子」は、「面白い女子」を求めないのでしょう。

お笑いの世界で売れれば、男性は「モテ」もついてくるけれど、女性はそうでもない。そんなイバラの道にあえて進もうとする女性が、男性よりも少ないのは、理解できるところです。かくしてお笑いの世界は、マッチョであり続けることになる。

男と女が年末に合戦をすることができる、歌の世界。対して「紅白お笑い合戦」などをしたら、紅組の不利は目に見えています。女流育成の場がある将棋界のように、女流M－1的なものを開催する等、アファーマティブ・アクションがあってもいいのか。それとも、他人様に笑ってもらうなどというハードな業務は男性に任せ、女性はただコロコロと笑っていればよいのか。「女の幸せ」と「笑い」の間で股裂き状態になっている女芸人達を見る度に、私は複雑な気分になるのでした。

〈追記〉二〇一七年十二月には、「女芸人№1決定戦　THE　W」（日本テレビ）の第一回が放送された。また、『M－1グランプリ2018』開催後、とろサーモンの久《く》保田《ぼた》氏らが上沼恵美子さんを批判する映像がネットにアップされ、大問題に。

とんねるずの定年

『とんねるずのみなさんのおかげでした』が終了するというニュースを聞いて、そこはかとない寂寥《せきりょう》感を覚えている、あなた。そんなあなたは、きっと私と同年配ではないでしょうか。

若い世代にとっては、意識の片隅にも存在しないであろう、この番組。しかし中年世代にとっては、ある種の「象徴」でした。何を象徴していたかといえば、「楽しくなければテレビじゃない」的な昭和の。

「楽しくなければテレビじゃない」は、一九八一年にフジテレビが掲《かか》げたスローガンです。それまでは「母と子のフジテレビ」だったのが、いわゆる「軽《かる》チャー路線」に切り替えることによって、快進撃が始まりました。我々は、青春時代をフジテレビの軽チャーとともに過ごした世代なのです。

『みなさんのおかげでした』の前身である『みなさんのおかげです』は、一九八八年にレギュラー番組としてスタート。バブルの勢いと、とんねるずの人気の勢いとがあいまって、人気番組となりました。

さらにその前、とんねるずの人気がブレイクしたのは、やはりフジテレビの『オールナイトフジ』や『夕やけニャンニャン』においてです。従来の「漫才コンビ」のコテコテぶりとは違って、カジュアルなお洒落っぽさがあった二人。一方その行動は、テレビの画面からはみ出そうに破壊的で、ヤンキー感も装備。若者たちは「面白くて格好いい先輩」であるとんねるずに、ついていきました。

「タカさん」「ノリさん」という二人に対する呼称は、彼等の先輩感を示していましよう。お笑い芸人達はどんな人気者でもたいていファンから呼び捨てにされるのに対して、とんねるずは「さん」付け。スタジオでの収録では、暴れまわるとんねるずからこづかれたり蹴《け》られたりすることに大喜びするファンがいました。

それから三十年。とんねるずは今も、先輩芸を保ち続けています。『みなさん』終了の噂を聞いてから、とみに熱心に番組を見るようになった私ですが、やはり手下的な芸人さんで周囲を固めて彼等をいじるという手法は不動。それは、我々後輩世代にとっては安心感たっぷりの芸であっても、その他の層には全くピンとこないことでしょう。

に。

「先輩」をヒエラルキーのトップとして後輩が続くという人間関係は、今の若者にはリアルに感じられないのだと思います。昭和っ子達はいつも、ドラえもん的布陣で外遊びをしていました。すなわちジャイアン的な子が「リーダー」でスネ夫のような「ひね者」がいて、のび太は「弱者」でしずかちゃんは「マドンナ」……というように。

その図式は、とんねるずの番組にも当てはまりました。ジャイアンはタカさん。スネ夫がノリさん。のび太は後輩芸人で、しずかちゃんはその日のゲストの女優やタレント、という感じ。ジャイアンの横暴に耐えることが「弱者」の存在意義であり、しずかちゃん役のゲストも、タカさんにいじられることを喜んで受け入れたのです。

しかし今の若者達は、外遊びなどせずに育ちました。友達と遊ぶ時も、横並びでゲームをしていたり。一人で遊んだとて、ネットがあれば誰かとつながることは容易。

そんな若者にとって、とんねるずの番組的な上下関係は、微塵《みじん》も魅力的ではありません。先輩の理不尽な「かわいがり」を喜んで受け止めるなどという心理もわからないに違いなく、横綱からの説教中に携帯をいじる貴ノ岩《たかのいわ》の方に、シンパシイを抱くのでしょう（後に彼も、日馬富士《はるまふじ》先輩と同じ運命をたどるのだが）。

『みなさんのおかげでした』が終わるということは、先日の番組内で発表されました。プロデューサー等の扮装をした二人がコント仕立てで語ったのですが、この手法もまた、哀しく懐かしいものでした。番組の製作者を番組に登場させるのは、『オレたちひょうきん族』の頃からのフジテレビのお家芸。『みなさん』では、スタッフととんねるずでつくったグループが歌手デビューもしていましたっけ。素人と玄人のハーフのような、スタッフの〝業界感〟が、ウケたのだと思う。

しかし今、テレビの〝業界感〟は、特に憧れられるものではなくなりました。その手法は、既にあまりにクラシック。

だからこそ、番組終了のお知らせにおいてその手法が取られた時、我々後輩世代は、

「先輩、もうそれはないっすよ」

と泣きながら止めたくなるような気分になったのです。が、それは意識的なものだったのだと思う。番組が終了するのであれば、最後まで軽チャー路線を貫き、殉《じゅん》ずる……という覚悟が、そこにあったのではないか。

後輩世代は今、とんねるずという先輩の定年を、どう捉えていいのかわからず、戸惑っています。白鵬《はくほう》先輩の目配せを察知した瞬間に日馬富士先輩にビール瓶なりリモコンなりをサッと手渡す、的な三下体質を持っている我々。永遠に後輩として生きて

いこうと思っていたのに、最後の先輩がいなくなってしまうというのですから。
嗚呼とんねるず先輩よ、どこへ行く。日本という国では平成が終わろうとしていますが、テレビの世界では「軽チャー」の象徴が去ることによって、やっと昭和が終わるのだと思います。

〈追記〉白鵬先輩、日馬富士先輩といった記述は、二〇一七年に発生した、モンゴル人力士の飲み会における暴力事件による。横綱・白鵬が、幕内の貴ノ岩に説教をしている時、貴ノ岩が携帯をいじったことに腹を立てた横綱・日馬富士が、カラオケのリモコンで貴ノ岩を殴打。日馬富士は引退を余儀なくされる。

「人生百年時代」、どうする?

近所の神社に大祓《おおはらえ》の人形《ひとがた》を納めてから、お参り。今年一年も色々あった……、などと思ってみる年末。

健康や長寿を願いつつ、一年の穢《けが》れを祓《はら》うのが、大祓なのだそうです。しかし最近、健康には興味しんしんでも、長寿についてはあまり考えない自分に気づきました。

昔は、長寿は無条件でめでたいことでした。が、最近は皆、

「そんなに長生きしたくない」

と言います。高齢化が進み、長く生きるのも楽ではないということを知る現代人は、

「適当なところでコロッと死にたい」

と、口を揃《そろ》える。八十五歳で突然亡くなった野村沙知代《のむらさちよ》さんなどはまさに、年齢と

いい死に方といい理想的なわけで、

「あの人こそ人生の勝者では？」

と言われています。

私の祖母は、一人は九十九歳、もう一人は百一歳で亡くなりました。明治女としてはかなり長生きということになりましょう。さらには二人とも自宅で看取《みと》られたという、ある意味で昔ながらの、そしてある意味で時代の先端を行く死に方をした。

しかしそれは、三世代同居というクラシックな居住スタイルをとっていたからこそ、可能な死に方です。私のような単身者が、九十九とか百一とかになって自宅死するのは、かなり難しく、かつ迷惑なのではないか。

私が同居していた享年九十九の方の祖母は、

「長生きをしすぎました」

「なかなかお迎えが来ない」

と、晩年は言っていたものです。まだ若かった私はその孤独感を全く理解してあげられなかったことが、今でも心残り。

そして今、「人生百年時代」と言われています。平均寿命は、女性はほとんど九十歳ですし、百歳の人も珍しくなくなってきたのです。

享年百一の方の祖母は、百歳の時、お祝いの銀杯を首相からいただきました。が、その杯も今は、百歳の人が多くなりすぎたため、経費節減で銀メッキ製になったとのこと。

そんな今、『ライフ・シフト』という、イギリスの心理学者と経済学者が書いた本が話題です。「100年時代の人生戦略」というサブタイトルを見てもわかるように、人が百年生きるようになると、その生き方の編成が変わってきますよね、ということが書いてありました。

確かに、かつては「人生五十年」という言葉があったというのに、今や倍。使うことができる時間が倍に増えるのであれば、勉強の仕方も、仕事の仕方も、変わってきましょう。なるほど、と面白く読み進めた私の中では、何となくやる気も湧いてきました。

が、どうしても気になるのは、健康のことです。精神力は、いくつになっても頑張ってふり絞ることができるかもしれないけれど、人間の身体は、頑張ればどうにかなる部位ばかりではない。「人生百年」用にはできていない気がするのです。

たとえば、妊娠力。人生が百年ならば、六十歳で妊娠・出産をしても、子供が成人後、二十年は生きていられる。キャリアを終えてから子育て、ということも可能なはずです。

しかし現状、よほどのイリュージョンがはたらかない限り、六十代での妊娠・出産は難しい。「年をとればとるほど、妊娠はしにくくなります。なるべく若いうちに出産を」と、女性達は推奨されるのです。

また友人は、

「大人の歯の後に、もう一回何かが生《は》えてほしい」

と、不満を述べていました。虫歯治療中の彼女は、インプラントにすべきか悩んでいます。

「子供の頃に乳歯から生え替わった歯で百歳まで嚙《か》み続けるなんて無理。歯って、このご長寿時代に対応していない！」

とのこと。

子宮や歯のみならず、人間の肉体全体が今、「そんなに長く生きようとは」と、戸惑っているのかもしれません。化粧品や美容医療が発達して、年をとっても若く見える人は増えていますが、一皮剝《む》いた中身は、昔のままなのですから。

そんな中、私は年末恒例、矢沢永吉《やざわえいきち》の武道館ライブへ行ってきました。永ちゃんは今、六十八歳（二〇一七年当時）。武道館でのライブは何と、百三十九回目とのこと。

引き締まった身体でステージを走りまわり、声も信じがたいほどよく出るという日本のミック・ジャガー状態であり、長年のファン達の方が、よっぽど老けています。

『ライフ・シフト』には、人生百年時代には、精神面の若さを生涯保ち続けることが大事、と書いてありました。永ちゃんなどはまさに、それを実践する人なのでしょう。昔は、六十代で歌手というと民謡か演歌か浪曲でしたが、今や桑田《くわた》佳祐《けいすけ》やユーミンなど、六十代でも格好よく歌うミュージシャンが珍しくない。ミュージシャンの人々はいち早くライフ・シフトしているのであり、きっと永ちゃんは、七十代になってもステージを走っていることでしょう。

ミュージシャンばかりではありません。スポーツ選手にしてもアイドルにしても、昔は「若いうちだけ」だった仕事の寿命は、明らかにのびている。

間もなく、新年。初詣で長寿を祈ることができるのは、百年を生き切る自信を持つ、幸せな人なのだろうと思います。さて私は、何を祈ろうかなぁ……。

セクハラ「#MeToo」革命

年末から話題の、「#MeToo」騒動。ハリウッドのセクハラプロデューサーに対する女優達の告発を端緒として日本にも飛び火し、

「私も！」

と声をあげる人が広がってきました。「あのことをばらされたらどうしよう」と、ひやひやしながら年を越した殿方も、いるかもしれません。

女性なら誰しも、一つや二つ、もしくはいくつものセクハラ被害経験を持っているもの。

「今はこんな風にして告発するのね……」

「昔のセクハラはもっとすごかったけど、何となくやりすごしていたね……」

と、私は友人と語り合っておりました。

友人は、

「『#MeToo』騒動で思い出したけどさ、前に上司のおじさんと出張に行った時、夜に私の部屋がノックされたわけよ」

と、語り出します。この手の話は、女にとっての〝出張あるある〟。若者だったら「それな」と言うところです。

「そしたら上司が、明日の仕事のことで話したい、とか言って部屋に入ってきちゃって。ま、要するに〝したかった〟らしいんだけど、何とか思いとどまらせて部屋から出したのね。やれやれと思ってふとベッドサイドを見たら、手土産みたいに置いてあったのが、コンドーム！」

ということではありませんか。

「どんなサンタさんだ！」

と爆笑しつつ我々が語り合ったのは、その手土産が持つ意味です。「わざわざこれを持ってくるほど、君との出張を楽しみにしていた」ということを示したかったのか。「僕はこれを持っているから、しても安心だよ」と言いたかったのか。

「もしかすると、中に小さく折りたたんだお手紙が入っていたのかもよ」

などと茶化してみたのですが、相手が上司であるだけに、その行為は、笑い話で終わらせることはできません。彼女の人事的評価は彼が握っているわけで、パワハラでありセクハラということになる。

「でも向こうにはたぶん、そんな意識は無いのよ。この女とならデキる、くらいの感覚だったんじゃないの？　それにその頃は、上司を告発するなんて思いもよらなかったから、何事も無かったかのように振る舞ったけど、今だったら『#MeToo』モノよねぇ」

と、彼女も言っていた。

「セクシャル・ハラスメント」という言葉は、一九八九年に、流行語大賞の新語部門で金賞を受けています。昭和の末期から流行り始め、平成になって人口に膾炙《かいしゃ》したことになる。

「#MeToo」と同様、セクハラという言葉や概念もまた、最初はアメリカから輸入されたものでした。私の知る限りでは、一九七九年の『婦人公論』十二月号に、「アメリカ女性からの報告」として「職場での性的いやがらせ」という記事が見えます。

アメリカで新しく生まれた言葉である「性的いやがらせ」すなわち、セクシャル・ハラスメントは、「女性を、勤労者としてでなく、セックスの対象とみなす、男性の一方的、かつ女性に迷惑をおよぼす行為」。強姦等はもちろんのこと、身体をじろじろ見たり、批評したり、断られてもデートや性交に誘い続けたりといった行為を示す、とあります。

「日本版　性的いやがらせ―私の告発」という手記も載っていたのですが、そこには「丸の内の某副社長の秘書密着癖」とか「日曜出勤、上司が一万円でしたこと」といった、読者の赤裸々体験談が。

「それって、セクハラですよ」

とはまだ言うことができなかった昭和の女性達は、職場で様々な被害に遭っているのです。

それから、約四十年。日本でもすっかり「セクハラ」という言葉は定着し、様々な対策が打たれているというのに、今なお「#MeToo」流行りとは、これいかに。

この事実は、セクハラがそれだけ告発しにくいことを示すのでしょう。職場においてのみならず、女は子供の頃から性的被害に遭いやすいわけで、私も小さい頃に近所で見知らぬ男性から性器を見せられたり、卑猥《ひわい》な言葉を聞かされたりしたことがありましたが、親に言うことはできないものでした。

手土産事件の友人にしても、

「会社で問題にするっていう手もあったかもしれないけど、仕事も忙しくてそんなこと面倒でできないし、言うのも恥ずかしいじゃないの」

とのこと。

そうしてみると、「#MeToo」は、手軽な告発手段として、セクハラ史を変えるのかもしれません。男性側からしたら、

「女性と仕事するのが怖くて、ビクビクしてしまうではないか」

という意見もありましょう。が、これまで女性達もまた、職場でセクハラする男性とか、威圧的な男性に対してビクビクしながら働いてきたわけです。ここらで本格的に改善し、男女が互いにビクビクせずに働くことができる環境を若者達に残すのも、よいのではないか。

……などと被害者ヅラをしている私ですが、気をつけないとふとした瞬間に仕事相手の若い男性の肉体をジロジロ見たり、

「肌、きれいね」

などと口走ったりしかねません。女から男に対するセクハラというのも今はあるわけで、その辺りも心して過ごしたいものだと、思っております。

どうなる「十八歳成人」時代

成人式の振袖姿を、最近とみに「可愛い」と思うようになりました。昔は、振袖なんて派手なだけ、という感覚で、友人の結婚式にも着ていきたいとは思わなかったけれど、今はあの豪奢《ごうしゃ》な着物を着ている若者が、眩しく見える。

成人の日には公会堂で開かれた式典に友達と出席して、その式典で講演したのは田《た》中康夫《なかやすお》氏だったものだ。……などと自分の時を思い返しているところに目に入ってきたのは、「成人年齢が十八歳に引き下げられる」というニュースでした。次の国会で成立すれば、成人年齢は二〇二二年から十八歳ということになるのだそう。

選挙権を得る年齢が十八歳に引き下げられたのは二〇一六年のことでしたが、それ以外の成人年齢も、十八歳に。……ということに対して、私は「むしろ成人年齢は引き上げた方がいいのでは？」と思いました。

日本人の平均寿命は、どんどん延びています。そんな中で成人年齢を引き下げたら、人は延々と大人であり続けなくてはならないことに。

自分で自分が生きる道を判断し、責任ある行動をとるのが大人だとするならば、十代のうちから「大人」となり、それが死ぬまで続くというのは、しんどい上に飽きがくるのではないか。成人という資格は、運転免許とは違って、そう簡単には返上できないものなのだし。

古典文学など読んでいると、昔の人々は、十代前半から十代半ばで元服を行っているようです。寿命が短い時代ですから、それくらいで大人にならないと、あっという間に成人期間が終わってしまったのでしょう。

しかし今、十五歳で元服した時代と比べたら、平均寿命は倍以上になっているのではないか。そして今、精神的元服の年齢も倍程度に延びており、人は三十歳くらいになってようやく、「自分もそろそろ大人？」という感覚を得るのです。

昔に定められた年齢の感覚は、高齢化が進んだ今、しっくり来なくなっています。四十歳は不惑だと言いますが、あれは孔子《こうし》様の話であって、「惑いませんよ、ええ」と言うことができる四十歳は今、少なかろう。四十といえば、まだ男も女もモテたい気がまんまんなのですから。

七十歳は古稀《こき》だと言いますが、「七十歳になること」はもう、稀でも何でもない。

高齢化社会においてはまだ高齢者ですらなく、貴重な労働力として捉えられるお年頃です。

そんな時代に、成人年齢だけが引き下げられるとは不思議な事象だ、と私は思います。いっそ二十五歳くらいにした方が実情に合っているのに。

さらに一つ心配なのは、「サントリーの広告は、どうするのだろう」ということです。成人の日にはいつも、サントリーが新成人に向けた新聞広告を出していて、私はそれを読むのを楽しみにしているのです。

私が成人となった時代は、山口瞳《やまぐちひとみ》さんが。山口瞳さん亡き後は、倉本聰さんを経て、今は伊集院静《いじゅういんしずか》さんが、お酒を飲むことができるようになった二十歳の若者に対して、大人の立場からのメッセージを送っている、この広告。今年の成人の日も伊集院静さんが、若者に「独りで旅に出よ。旅に疲れたら、空を仰いで一杯飲め」と、書いておられました。

が、政府の改正案では、成人年齢は十八歳にするけれど、飲酒や喫煙に関しては従来通り二十歳からのままにする、ということなのです。

となると、成人式に参加するのは十八歳の人達だけれど、その後に飲み会を開くことはできず、喫茶店でコーヒーでも、ということになる。

「お前も成人だな、おめでとう」

と親子で居酒屋で一献もできず、「あと二年待て」ということになるわけで、お酒業界としては悩ましい問題かも。

とはいえ今時の若者はお酒を飲まなくなったと言います。サントリーの広告が山口瞳さんだった時代、若者達は「成人になる前から飲みたい！」と、やっきになっていました。「お酒は二十歳になってから」という規則を破ることが、あの時代は格好よかったのです。

しかしその後、若者達は「別に、お酒とかあんまり飲みたくないしー」という方向へ。大人に反抗することも別に格好よく思えず、二十歳になってから適量をたしなむ、という程度。であるならばいっそ、飲酒も十八歳からOKにしても問題はなかったのかもしれません。

本当は、民法で定められる成人年齢は、大した意味を持たないのでしょう。リアルに「成人感」を抱く年齢は、人それぞれであり、私が「大人になった！」と両目が開いたような気持ちになったのは、恥ずかしながら三十二歳の時。だらだらと続く人生の中で、自分の成人は自分で決めなくてはなりません。

考えてみれば、人生で最後に振袖を着たのは、成人式の時でした。それは親が用意してくれたものであり、その後に唯一、親が買ってくれた衣服といえば、入社式の時のスーツ。

私はそのスーツを、今でもどうしても捨てることができません。自分で何でもするしかなくなった今、「親頼み」でいられた時の思い出を捨てることができないのは、無責任でいられたその時代に対する郷愁を、いまだ持ち続けているせいなのでしょう。

「ＮＴＲ」回春法

エロ系メディアに頻出する、「ＮＴＲ」の三文字。最初は何の意味かわからなかったのですが、これは「ニトリ」のことではなく、「寝取られ」の意なのだそう。すなわち、妻なり恋人なりが他の男と関係を持ってしまう、というシチュエーションが、「ＮＴＲ」。ＡＶにＮＴＲ系の話が多いということは、そういった状況に興奮する男性が、一定数存在することを意味します。

最近のＮＴＲ事例としては、藤吉久美子《ふじよしくみこ》・太川陽介《たがわようすけ》夫妻の不倫事件をあげることができます。最初はさほどパッとしない不倫事件だと思っていましたが、じわじわと意外な波紋を呼んだあの出来事。五十代女性達の間では、

「藤吉久美子のあの色気、自分も出せないものか」

「ある程度だらしない肉体っていうのがいいのでは？」

「でも、ただ太っていればいいというものではない」

等と、しばしば話題になりました。

夫の太川陽介は、

「夫婦ですから」

と妻を信じる様子を見せたのですが、そこにはただ「夫婦だから」信じるというだけでなく、NTR効果もあった気がするのです。すなわち、妻が他の男に寝取られたことによって、ある種の興奮というか、やる気というか、新鮮な感覚を覚える、という部分が。

日本で最も有名なNTR事例とは何かと考えてみますと、それは『源氏物語』の中に見ることができます。稀代のモテ男である光源氏は、中年になってから、異母兄である朱雀院の三女である女三の宮を、正妻に迎えました。既に正妻格の紫の上とは長い付き合いだったにもかかわらず、高貴な女性好きという一面がある源氏は、女三の宮ともつい、結婚してしまったのです。

妻としては今ひとつ張り合いが無い相手であった、女三の宮。自然、扱いも粗略になっていたのですが、そんな女三の宮に懸想《けそう》したのが、源氏の親友の息子である柏木でした。

柏木は、犯すようにして女三の宮と契《ちぎ》り、女三の宮は妊娠。表向きは源氏の子として、男の子を出産。……という、ほとんどＡＶのようなＮＴＲストーリー。それまでモテ続けてきた源氏が妻を寝取られたということで、読者としては「してやったり」感を覚える場面でもある。

　のみならず、その前には伏線があります。若き日の源氏は、父の妻の一人である藤壺に激しい恋をして、無理矢理「して」しまったことがあるのでした。藤壺は源氏の子を懐胎し、表向きは夫である桐壺帝の子として、その子を出産……。

若い頃、父の妻を寝取った源氏が、中年になってから自分の妻を息子のような若者に寝取られる。ということでこれは、因果応報の物語。そして、親子間でのＮＴＲ連鎖の物語でもあります。

　紫式部は、ＮＴＲは「グッとくる」ということを、千年前から知っていたのです。それだけではありません。紫の上は、まだ子供の頃に源氏に拉致《らち》されて自分好みに育てられるということで、彼はロリコン趣味をも持っていた。また、藤壺は源氏にとって義母であるわけで、「義母と『して』しまう」というのもまた、熟女ものＡＶではよくあるストーリーです。

　さらに源氏は、エロババアキャラの源典侍とも「して」しまうということで、痴女もどんと来い。不細工な末摘花ともできるという、珍味食いの一面も持っています。

……ということで『源氏物語』は、日本人、否人類に共通しているのであろう様々な〝性〟癖を、源氏という一人の人間に注入してみた物語なのでした。そんな中でもNTRは、物語の核を成す重要なポイントとなっているのです。

NTRは男性の所有欲求に関わるからこそ、刺激的なのでしょう。人間関係において、男性は「所有感」を、女性は「関係性」を求めるのだそうで、自分が所有していると思っている女を他の男に取られるのは、領土侵害のようなもの。

矢口真里《やぐちまり》さんの最初の結婚の時のように、夫がまだ若い場合は、領土侵害に怒って、すぐに離婚してしまうのだと思うのです。が、人間が練れてくると、NTRがピリピリとしたイタ気持ち良さに変わってくるのではないか。源氏も中年だったからこそ、女三の宮と柏木の不貞に気づいても、大騒ぎはしなかった。柏木に嫌味は言ったものの、不貞発覚の後は、女三の宮を見る目が変わったはずです。

そして谷崎潤一郎《たにざきじゅんいちろう》の『鍵』まで行けば、NTRはほとんど健康法の一環になってきます。『鍵』に登場する初老の大学教授は、嫉妬の力によって自らの性的な力を回復せんがため、妻に若い男を近づけようとするのですから。

「NTR」と書くと、何やら目新しい手法のように思えてきますが、日本の男性達は昔から、NTRの刺激を精力回復の一助としてきたのでしょう。太川陽介さんも実は、『鍵』の大学教授ばりに、〝号泣する妻〟像をプロデュースしたのかもしれず、ＮＴＲを経てご夫婦の関係性が新たな段階に入っていくのかと思えば、これまた何ともいえない気分になってこようというものなのでした。

「天才少年少女」に変化アリ

卓球が趣味だと言うと、

「じゃあさ、『チョレイ!』とか言うわけ?」

とよく聞かれるのですが、もちろん草卓球を楽しむ程度の素人はそんなことは言わないわけで、言うとしたら「チョレイ」の後に「(笑)」のニュアンスを漂わせることとなります。

しかし少し前までは、

「じゃあさ、『サア!』とか言うわけ?」

としばしば聞かれていたことを思えば、卓球界の世代交代を感じずにはいられない昨今。先日行われた全日本卓球選手権においても、「サア!」の福原愛《ふくはらあい》ちゃんは、幸せな若妻のムードを漂わせつつ、解説席に座っていました。

男女シングルスの決勝のメンバーを見ても、世代交代感はありありと漂っていました。女子決勝は、共に十七歳（二〇一八年当時、以下同）の、伊藤《いとう》美誠《みま》vs.平野《ひらの》美宇《みう》。男子決勝は、二十八歳の水谷《みずたに》隼《じゅん》vs.十四歳の張本《はりもと》智和《ともかず》。女子は伊藤選手が、そして男子は張本選手が優勝したことは、ご存知の通りです。

決勝が行われる日の午前、『サンデーモーニング』を見ていたら、張本界の大先輩である張本勲《いさお》さんが、智和選手の「チョレイ」絶叫について、

「ああいう子は気が小さい」

「本当に根性がある男は、ああいう態度は取らない」

といったことをおっしゃっていました。ハリさんとしては、「だから優勝はできないだろう」と言外に匂わせたのだと思いますが、しかし結果は優勝、それも圧勝と言っていい結果。智和選手のアンファン・テリブルぶりが際立ちました。

天才少年、天才少女という存在は、脚光を浴びつつも、どこかで憎まれやすい存在でもあります。二月には、張本選手よりも一歳年上の、将棋界の天才少年である藤井《ふじい》聡太《そうた》四段（当時）vs.羽生《はぶ》善治《よしはる》竜王（当時）という、張本vs.水谷的な大一番が行われるわけですが、「羽生頑張れ」と思っている人も多いのではないか。

芸能界における子役にしてもそうですが、まだ幼いうちから脚光を浴びる天才少年少女に対して、私達は白い期待と黒い期待を、同時に寄せているのです。すなわち

「このまま頑張ってほしい」という白い期待と、「そうはうまくいかないだろう。成長とともに、鳴かず飛ばずになるんじゃないの?」という黒い期待を。だからこそ、『ホーム・アローン』のマコーレー・カルキンが転落人生を送っているのを見たりすると、どこかで残酷な喜びを感じたりする。

人気子役は、確かに転落しやすいものです。子供の頃に可愛くても、大人になって美形になるとは限らない。以前、元子役の黒田《くろだ》勇樹《ゆうき》さんによる、

「〝天才子役の転落人生〟なんて言われたけれど　愛菜《まな》ちゃん、福《ふく》くんに伝えたい。全部大人たちのせいにしていいんだ」

という雑誌記事を読んだことがありましたが、子役界の先輩として黒田さんは芦田《あしだ》愛菜ちゃん、鈴木《すずき》福くんに恨み節を送っていたのです。

が、しかし。今、天才少年少女の世界は、変わりつつあります。天才少年少女達は、世間の黒い期待に沿うことなく、上手に成長し、幸せな大人になるようになってきたのです。

その先鞭《せんべん》をつけたのが福原愛ちゃんなのではないかと、私は思っております。ちびっこの頃からテレビに出て人気者だった彼女は、卓球界の子役。普通なら、どこかの段階で潰《つぶ》れるか、別の道に逸《そ》れていたでしょう。

しかし彼女は、卓球においてもちゃんと実力をつけて、全日本レベルで活躍。のみならず、イケメン台湾人選手と結婚し、赤ちゃんも出産という、順風満帆人生を送っている。

全日本選手権で優勝した伊藤美誠選手も、愛ちゃんに憧れて卓球を始めたそうで、

「福原さんがいなかったら、卓球界はこんなに明るくならなかった！」

と、優勝インタビューで語っていました。

愛ちゃんは卓球というスポーツ自体のイメージを変えたのみならず、卓球選手が「上手に大人になる」道筋をつけた人でもあるのです。美誠ちゃんも美宇ちゃんも小さい頃から注目を集めた選手でしたが、その後も活躍を続けているのは、愛ちゃんがつけた道を歩むことができるからなのではないか。

愛ちゃんが幸せに結婚&出産をしたことによって、若い選手達にとってのロールモデルとしての存在感は、ますます強まることでしょう。そしてこういった現象は、様々な分野で起きているのではないか。

芸能界でも、事情は変化しています。黒田勇樹さんが心配していた芦田愛菜ちゃんですが、彼女は難関私立中学に入学し、芸能活動も上手に両立しているようです。

人気子役だからといって転落するわけではない、という道を示した愛菜ちゃん。こ

れからの子役達はきっと、愛菜ちゃんの生き方を目指すはずです。そして藤井聡太くんにしても、将棋と勉学を両立している模様。

卓球の張本選手も、十四歳にして追われる立場となるわけですが、きっと上手に成長していくのではないかと、私は思います。ハリさんは忌々《いまいま》しく思うかもしれませんが、天才少年少女をとりまく環境も親の感覚も、昔とは違っている。ちやほやされたからといって調子に乗らず、クレバーに人生を構築していく少年少女は、これからも増えていくことでしょう。

〈追記〉二〇二一年、不倫、モラハラ等の報道が出た後、愛ちゃんは離婚。人生、先のことはわからないものである。

雪かきで実感する「世間」

四年ぶりの大雪が降った東京。みるみる降り積もる雪を見ながら私は、不安でいっぱいになっていました。

それというのも四年前に二週連続して大雪が降った時、私は雪かきで腰を痛めたから。腰痛は、一年近く長引きました。

その時、整形外科のお医者さんによれば、

「〝雪かき腰痛〟の人、いっぱい来てるよ」

とのこと。大雪は、雪に慣れぬ東京人の腰を容易に砕《くだ》いたのです。

雪は深夜に止み、翌朝は早くから雪かきの音があちこちで響きました。私も、スコップを握らざるを得ない状況に。

結果から言うと今回、私は何とか腰痛を免れたのです。雪を前にすると、ついかき進めたくなりますが、雪は数日で消えるけれど、腰は一生もの。「腰ファースト」と決め、雪かきは最低限にとどめました。

普段はペンより重いものは持たない……どころか、パソコンで書いているためペンすら持たない身としては、スコップを握り続けて、手がこわばりカクカクに。それでも四年前よりは、少しスコップさばきが上達したかもしれません。

その後、日本に寒波が到来したため、東京の雪は残り続けました。そんな時に知人が、

「雪の残り具合を見ると、その家の民度がわかるよね。自分ちの前の道を雪かきしてない家を見ると、何考えてんのかと思う。本当に迷惑」

と言っているのを聞いて、私は複雑な気持ちになったのです。

確かに降雪後、雪が全くなくなっている場所もあれば、人一人がやっと歩くことができる幅しか除雪されていない場所もある。雪の残り具合から何かが見えてはくるのですが、それが「民度」だったとは。

この発言を聞いて私は、「雪かき度合いで民度を判断する視線、これが『世間』というものなのだなぁ」と思っておりました。帰宅後、我が家の前を改めて見れば、民度の低い箇所がまだまだ残っています。ご近所さんに後ろ指を指されているかと思うといてもたってもいられず、私はスコップを手に取った。

既にすっかり凍《こお》りついた雪を打ち砕く私は、鬼の形相です。鼻水が垂《た》れるにまかせて、スコップを振り下ろし続ける。世間様の怖さは、腰痛の恐怖を凌駕《りょうが》したのです。

雪の塊は、それでも残りました。その後は家で仕事をしつつも、私はご近所からスコップの音が聞こえてくる度に、ビクビクするように。「お宅の前はまだ、雪が残ってるんですか〜？」と、スコップの音が伝えているような気がしたのです。

民度発言をした男性は、丈夫な身体を持っています。雪の翌朝、出勤前に雪かきをしたことを、誇らしそうに語っていました。彼の奥さんはその後、お隣の老夫婦のところも雪かきをしてあげたのだそう。

雪かきができるほどの体力を持つ夫と、優しい専業主婦がいる家庭＝まっとう、という感覚が、民度発言の主にはあるのかもしれません。しかし今、家族と言っても色々あるし、病人だって老人だっている。雪かきできない家には、それなりの事情があるんじゃないの？

……と思ったとて、世間はそれを許しません。民度が低い家で「腰ファースト」の旗印を掲げる私は、完璧に雪かきがしてある家のドーダ感が、次第に怖くなってきました。

スキャンダルの渦中にいる人は必ず、

「世間をお騒がせして申し訳ありません」と謝るものです。私はいつも、「いやいや、あなたのスキャンダルをすっごく楽しませてもらっていますから、謝らなくていいですよ」と言いたくなるのですが、雪の日以降、彼らが謝る気持ちも、わかる気がしてきました。世間すなわち「完璧に雪かきをしている家の人」の、「私は正しい。だから正しくない人を非難して当然」という自信は恐ろしいほど強いのであって、そんな人を前にしたら謝らざるを得ないであろう、と。

今年もまた、新年には両小室氏（哲哉《てつや》&圭）など、大きなスキャンダルが世間を賑わせました。そういえば大分に遊びに行った人がKEIKOさんの実家の河豚《ふぐ》料理店へ食事に行ったところ、BGMとして流れていた曲が、何と小室（もちろん哲哉）サウンドだったのだそう。

それを聞いて私は、身内というものの温かさを感じたのです。そのBGMは、世間の風がどれほど冷たくとも夫を支えるという、妻サイドからの意思表示なのではないでしょうか。

日本では、世間の視線が強力であるからこそ、秩序が保たれているのかもしれません。しかし世間が強すぎるからこそ、息苦しくもある。私も、世間様から非難されたくない一心で塀の外だけを必死に雪かきし、塀の中などどうでもよかった。

そんな時の、

「適当でいいんじゃないの？」

という身内からの声は、雪を溶かすほどに温かかったのであり、あーもう世間様とはかかわらずに生きていきたい、という気持ちにも。引退する小室哲哉氏、そして膨大な数が存在するというひきこもり達の気分がわかった気がしたのですが、しかし雪の日くらいはひきこもり達も外に出て雪かきしてくれないかなぁ、バイトでいいから。……とも、思ったことでした。


〈追記〉二〇二〇年、小室哲哉氏は活動を再開、翌年にはＫＥＩＫＯさんとの離婚を発表した。

アラフィフ人生いろいろ

有賀《ありが》さつきさんが五十二歳で亡くなったというニュースに接し、私は思いの外《ほか》のショックを受けていました。

特にファンだったわけではないのですが、私より一歳年上という同世代の女性が世を去るのは、やはり身につまされるものです。私の周囲でも何人かいらっしゃるのですが、この年頃で亡くなる人は、意外に多い気がする。

有賀さつきさんは、河野《こうの》景子《けいこ》さんや八木《やぎ》亜希子《あきこ》さんと共に、フジテレビが最も華やかだった頃に活躍したアナウンサーです。「美人、お嬢様、女子アナ。……こういう人は、きっと一生幸せに暮らすのだろうなぁ」と、かつての私は指をくわえていたものでしたっけ。

有賀さつきさんが亡くなったのと同時期に話題となったのは、小泉今日子《こいずみきょうこ》さんと豊《とよ》原功補《はらこうすけ》さんの、交際宣言でした。小泉今日子さんは有賀さつきさんと同学年ということもあり、私は複雑な思いでワイドショーを見ていたのです。

アイドル時代から、キョンキョンの個性は際立っていましたが、何が他と違ったかといえば、自らを偽らないところでしょう。何も知らないフリ、純粋なフリ……と、「フリ」という虚構で自らを固めるぶりっ子が多かった、当時のアイドル界。アイドルが「偶像」の意であることを思えばそれは当然とはいうものの、そんな中でキョンキョンは「自分」を前面に押し出すところが、異質で新しかったのです。

自身のエッセイでも、かつて厚木のヤンキーだったと記しているキョンキョン。元ヤンを隠さないところもまた、今の時代となっては洒落ている。

元ヤンを隠さないように、キョンキョンは今、老化も隠しません。シワ等の年齢に応じた外見変化も、そのまま受け入れている様子です。

そして今回の交際宣言で、不倫も隠さないという姿勢を見せた彼女。その行為に対する風当たりが、思ったより強くなかったことは、他人事ながらよかった、と私は思っていました。

五十歳を過ぎた色恋というのは、ほとんど投薬とか点滴とか、もしくは福祉の一環のようなものです。本人達の直接の知り合い以外がどうこう口を出すものでもありますまい。キョンキョンの交際宣言は、何事も隠さないという、潔い生き方の表明だったのでしょう。

対して有賀さんは、隠し通すという生き方を貫きました。死因等が公表されていないので、彼女が最も知られたくないものが何だったのかはわかりませんが、しかし彼女の生き方もまた、「自分」を貫く潔いものでした。彼女が何を隠したかったのかについてもまた、我々はどうこう言わない方がよいのでしょう。

有賀さんと小泉さんという同世代の二人の女性を見て私は、我がアラフィフ世代の生き方の難しさに、思いを馳《は》せていました。すなわち我々、そろそろ人生のしめくくりという可能性もある一方で、キョンキョンのように独立したり交際を発表したりと、「これから」の新たな人生のために打って出ることもできるのだなぁ、と。

人生百年時代だからといって皆が皆、百歳まで、それも健康に生きていられるわけではありません。昔ながらの「人生五十年」の人は、今もいるのです。しかし自分の人生がどれほど続くかは誰もわからないからこそ、どう生きるべきかをコペル君に聞きたくなるのかも。

そんな中でもう一人、話題のアラフィフ女性がいて、それが石田《いしだ》ゆり子《こ》さんです。若い頃から活躍しておられましたが、『逃げるは恥だが役に立つ』以降、四十代後半にして再ブレイクし、最近出された本も、よく売れている模様。

清楚《せいそ》で飾らない美しさが、ゆり子さんの特徴です。いかにもモテそうなのに、バツゼロの独身であるところがまたポイント。独身芸能人にありがちな、毒舌キャラとか露悪キャラ、はたまた結婚したくてたまらないモテないキャラではないというところも、人気なのでしょう。

ゆり子さんのような人は、人生百年時代であるからこそ登場した新しいタイプの中年ではないかと私は思います。アラフィフなのにこんなにきれい、という美魔女は世の中にたくさんいますが、彼女達は多くのお金や時間を、若さのために費やしている。その美貌から、カネや根性の匂いがするのです。

対してゆり子さんの場合は、百年という人生のスケールに合わせて生きていたら、老けるのも結婚するのも忘れていた、という感じ。無臭の美貌であるところが、日本人好みです。

私は、美しくてモテそうなのに独身という中年女性を見ると、「きっと不倫をしているに違いない」と決めてかかる毒舌キャラの独身者なのですが、しかしゆり子さんの場合は、不倫とも縁遠い（気がする）。彼女の不倫写真が撮れたとしたら、ベッキー以来の大スクープとなるのではないでしょうか。

さつき、今日子、ゆり子。三人のアラフィフ女性を見ると、生き方の多様化が実感できるわけですが、こういった「何でもあり」の風潮は、我々一般人にとっても有り難いところ。「こうあるべし」という強要は、年をとればとるほどきついのであって、どう生きてもどう死んでも許してくれる世であってほしい、と思います。

冬季アスリートの「弾《はじ》ける力」

雪の季節の旅が好きなせいか、旅先で冬季オリンピックを見ることが多い私。荒川《あらかわ》静香《しずか》さんの金メダルの滑《すべ》りは、大垣夜行の車中でラジオで聴いていたし（全然面白くなかった）、浅田真央《あさだまお》ちゃんが金メダルを逃した滑りは、舞鶴の定食屋さんでテレビを凝視していましたっけ。

そして今回のオリンピックでは、山形の雪深い温泉宿の、ものすごく小さなテレビで、高梨沙羅《たかなしさら》ちゃんのジャンプを応援していました。窓の外は雪だらけで、まるで自分も平昌《ピョンチャン》にいるかのよう。

私達は沙羅ちゃんのことを、まるで娘か妹か、というように見ています。彼女がまだほとんど幼いと言ってよい頃からテレビで見知っているのであり、その存在感は「冬の福原愛」。

そんな沙羅ちゃんについて心配を募らせていたのは、私だけではなかったことと思います。心配のタネは、W杯の史上単独最多勝利に、あと一歩のところで到達しない、ということではありません（当時）。「化粧が濃すぎやしないか」ということです。

昔は、化粧っ気などまるでない、素朴な少女だった彼女。しかしいつ頃からか、マツエクをガッチリ装着したフルメイクアスリートに変身しました。お年頃だから当然とは言うものの、親戚気分で眺めているこちらとしては、「あの子、大丈夫なのかしら」という気分に。

私が心配を募らせるのは、彼女が「冬の人」だから、でもあるのでした。統計的に正しいかはわかりませんが、私の印象では、冬季オリンピアンというのは、夏季オリンピアンと比べて少々、羽目を外しやすい傾向にある気がするのです。

記憶に新しいところから言えば、「週刊現代」誌上においてもヌードを披露《ひろう》していたのは、女子フィギュアスケート選手だった村主章枝《すぐりふみえ》さん。スノーボードハーフパイプでオリンピック出場した今井《いまい》メロさんもまた、週刊現代でヌードを披露し、最近ではAVにも進出とのこと。

「週刊現代」はアスリートのヌードに強いのだなぁ、といった感想はどうでもいいとして、スキーモーグル金メダリストの里谷《さとや》多英《たえ》さんは、暴行事件等のお騒がせイメージがあって、やんちゃ系冬季オリンピアンの元祖という感じか。

そんな諸先輩のイメージがあるからこそ、メイクが急激に濃くなった沙羅ちゃんに対して、私は心配をしていたわけです。「道を外れなければよいが」と。

しかし、沙羅ちゃんにそんな心配は無用でした。オリンピック前には、髪も切ってメイクも多少、落ち着いた感じ。本番では、見事に銅メダルを獲得したではありませんか。体育座りで小さなテレビを眺めつつ、私の目頭はもちろん熱い。

その後、しんしんと雪が降る中で露天風呂に入りつつ、「なぜ冬のアスリートは『活発』なのか」について、私は考えておりました。冬のスポーツというのは、スキーであれスケートであれ、「滑る」という行為というか現象がベースにある種目がほとんどです。そこで必要なのは、スピードや高さが増すと共に発生する恐怖心に打ち勝つ、勇気や思い切りでしょう。ひたすら走り続けたり球を追ったりという夏のアスリートとは違う資質を、冬のアスリートは持っている。

そんな資質が、私生活でも表出する瞬間が、冬のアスリートにはあるのかもしれません。人並み外れた勇気や思い切りを持っているからこそ、「エイヤ」で別の世界へ飛び込むことができるのか……。

などと考えていたら湯あたりして、立ち上がった瞬間に立ちくらみ。しばししゃがんで雪を眺めていたのですが、山形の雪は本当にすごい。少し外に出れば、自分の身体にもみるみる雪が積もってくるのです。

昼間の町の景色も、これでもかと生クリームをデコレーションしたショートケーキのようでした。とはいえ雪は、生クリームのように可愛いものではありません。おじいさんもおばあさんも、スノーラッセル（今、雪国での雪かきはスコップよりこちらがメジャー。私も帰京後、早速発注した）やママさんダンプで、せっせと雪かきをしている。ほんの少しの雪で「腰が……」などと言っている自分を、私は恥じました。

山形の人は、

「雪に閉ざされている時期があるから、根性が養われるんだよ」

と言っていましたが、今年の豪雪を見れば、それも納得。汗をかいて雪かきをしても、またすぐに積もる雪。終わりの無い作業は、根性がなくてはできるものではありません。

「だからこそ、春の嬉しさは格別なんだよねぇ」

ということなのです。

雪国の人は、忍耐力や根性も優れているけれど、「弾ける力」もまた、強いのかもしれません。以前、青森のねぶた祭りに参加したことがありますが、ハネトの人達の弾けぶりはすごかった。雪国だからこそ、今を限りと短い夏を満喫するのでしょう。

冬のアスリート達もまた、弾ける力をたっぷりと内蔵しているのだと思います。彼等・彼女等は、雪や氷の上でも弾け、また雪や氷の外でも弾ける、こともある。そんなちょっとやんちゃな姿が実は嫌いではない私は、オリンピック終了後、週刊誌に見つかることなく、選手達が楽しく弾けることができればいいなぁ、と思っているのでした。

温泉マナーは人から人へ

温泉好きな私は、別府のリピーター。暖かくなる前にと、またまた行ってきました。

今回宿泊したのは、大規模な観光ホテルです。食事はブッフェ、ゲームセンターやボウリング場もあって……という宿も、テーマパークのようで嫌いではありません。テーマパークと同様、この手の宿で多いのは、インバウンドさん達の姿です。ざっと見たところ、宿泊客の半分もしくはそれ以上は、中国をはじめとした東アジア系のインバウンドさん達だったのではないか。

既に彼らの姿には慣れている我々ではありますが、しかし一つ気になったのは、温泉でのマナーでした。大浴場でインバウンドさん達と一緒になると、どうしても入浴の仕方に、「ちっ」と思うことがあったのです。

おそらく宿の側も、チェックインの時に「温泉の入り方」の指導はしているのだと思います。浴槽に入る前に身体を洗ってからとか、タオルは浴槽に浸けない、などと。

しかしやはり、長い髪を浴槽に浸けている人、湯船で泳ぐ人、びしゃびしゃの身体で脱衣所を歩く人……など、おうちのお風呂感覚で入る人はいる。

クラッときたのは、脱衣所のゴミ箱に、使用済み生理用品がそのまま捨ててあるのを見た時でした。日本人なら、その手のゴミは必ずトイレの個室内の専用ゴミ箱に、それもそれとわからないように包んで、という感覚があるので、これにはまさにカルチャーギャップを感じた。

しかし、捨てた人が悪いわけではないのです。どこの国の人かは知りませんが、その国においては、どんなゴミでもそのままゴミ箱に入れるのが当たり前、という文化なのでしょう。彼我の文化の違いがそこにあるだけ。

であるならば、インバウンドさん達も日本人も受け入れるという宿の側で、インバウンドさん達向けの指導をもっと徹底してくれるといいのにね、と思うのでした。チェックイン時に髪を結ぶゴムを配布して「温泉の入り方」についての映像を見てもらう、というように。

バブル時、日本人が大挙して海外へ出かけた時もまた、日本人のやり方は現地の人々の眉《まゆ》を顰《ひそ》めさせたものでした。ハワイの大規模ホテルでは、地下に日本人専用のフロントなどがあったものですが、それは一種の隔離政策だったのでしょう。

別府には、地元の人たちが入りにくる小さな共同浴場も、たくさんあります。私もその手の温泉に入ることを楽しみにしているのですが、インバウンドさん達はさすがにそこまではやって来ない様子。

しかし地元の方々からしたら、私のような観光客こそがインバウンド的存在なのだと思います。小さな共同浴場であるからこそきちんと守られているルールを、我々は知らない。すると地元の方々はそんな私達に、優しく、もしくは厳しく、ルールを教えてくださるのです。

今回もとある小さな温泉に足を伸ばしたのですが、そこは湯船の底に泥のような沈殿物が溜まっているという、通好みの湯。入り方がわからずにおたおたしていると、地元の方とおぼしきおばあちゃんが、

「まずはあっちの湯船で身体を温めてからこっちに入って。この辺がそんなに熱くないからね」

と、指導してくださる。泥湯に入ったら、

「出たり入ったりを繰り返しなさい。身体が乾くまで待って、それからまた入る」

と、別のおばあちゃん。

「疲れたら寝るといい」

と、脇の小屋の板間を勧めてくれるおばあちゃんも。さらには、

「で、出る時はここのお湯で泥を落としてからあっちの上がり湯で……」

ということで、確かにこの温泉は、指導無しには入れない。しかし最初に指導映像を見せられるわけでなく、先達の皆さんがさりげなく教えてくださるのです。

別府には他にも、熱い砂に埋まるとか草で蒸されるとか、一筋縄でいかない温泉の数々があります。それはもうほとんど、入浴と言うよりは「注文の多い料理店」の世界であるわけですが、そういった複雑な風呂があるからこそ、指導は必須となってくる……。

先達の指導を受けつつ私は、インバウンドさん達が気になるのであれば、自分もまた日本人として先達にならないといけないのかも、と思ったことでした。教えてあげることもせず「なってない」とブーブー言うのはいかがなものか、と。

気づけば、温泉マナーがなっていないのは、インバウンドさんだけではないのです。日本人でも若い女性の中には、「えっ」という入り方をする人も。

彼女達は、銭湯や温泉の経験がまだ少ないのでしょう。インバウンドさんかと思い

きや、話しているのはネイティヴ日本語。

そんな人達には、せいぜいガンをつけたりする程度の私ではあるのですが、今回は「私もそろそろ、指導する側のお年頃」と思ったことでした。うるせぇババア、と思われるのが嫌で黙っているけれど、教えなくては彼女達はいくつになっても、タオルを浴槽に浸けてしまうではないか、と。

互いに裸だからこそ、カドが立たない指導もある。次に別府に来る時までには、温泉素人さん達の指導をさりげなくできるようになっていたい、と思ったことでした。

〈追記〉その後、世界に蔓延《まんえん》した新型コロナウイルスの影響によって、インバウンドの姿が日本から消えることを、この時の私はまだ知らない。

こらえて、ノムさん！

「うちの人、サッチーショックを受けちゃったみたいなのよ。嫌になるわ……」

と、ご近所のシニア世代の奥様がおっしゃっていました。何でも、旦那さんが友達と一泊でゴルフに行ったはずなのに、泊まらずに夜、突然帰ってきてしまったとのこと。旦那さんは、

「ノムさんちみたいなことになっていたら俺、どうやって生きていけばいいのかわからない。そう考えたら、家を空けるのが心配でたまらなくなったんだ」

ということで、いてもたってもいられずに、帰ってきてしまったのだそう。

「夫がいない時間、せっかく一人で好きなものを食べて好きなテレビを見ようと思っていたのに、心底がっかりしたわ。これからこんなことが続いたらどうしよう」

と、奥様は嘆《なげ》いておられます。

女性達の間では、サッチーさん、すなわち野村沙知代さんは「理想の死に方ではな

いか」と、話題になっていました。享年八十五ということは、

「まだ若いのに」

と周囲から嘆かれることもなく、かつ、

「まだ逝《い》かないのか」

と思われることもないという意味で、実に丁度良い年齢。その上、皆が神頼みまでして憧れるぽっくり死状態だったということで、

「サッチーさんの人生って、終わってみればすごい幸せだったのではないか」

という意見も。

しかし妻にとっての理想的な死は、夫にとっての理想ではありません。自分が死ぬまで面倒を見続けてくれると思っていた女性が突然いなくなるのですから、男性としては呆然《ぼうぜん》とすることでしょう。

特に球界では、今でも「野球しか知らぬ夫と、夫に尽くす妻」の像が賞賛されています。宮崎謙介《みやざきけんすけ》さんは失敗したものの、男性国会議員はいつか育休を取るかもしれませんが、プロ野球選手はこの先も決して、育休を取らないことでしょう。つらいワンオペ育児も「夫を野球に専念させるため」と、生き生きこなすことができる人が、プロ野球選手の妻になるのではないか。

サッチーさんの死後、ノムさんはしばしばテレビに出て、妻との思い出を語っておられます。それによれば、サッチーさんもああ見えて、ノムさんを支えることに徹した女性であったとのこと。ノムさんもまた、そんな妻に頼り切っていたらしい。シニア世代の場合は、プロ野球選手ならずとも、「家のことは妻に任せきり」という夫が多いものです。だからこそサッチー急逝の報に「もしあれがうちだったら」と取り乱す、我がご近所さんのような人もいるのでしょう。

妻に先立たれたシニア世代の男性の脆《もろ》さについては、既に多くのことが語られています。夫に先立たれた女性は元気になりがちだけれど、妻に先立たれた男性は、早く亡くなってしまう、とか。ラッキーかつ甲斐性がある人の場合は、支えてくれる女性を新たに見つけることもありますが、木嶋佳苗《きじまかなえ》事件や筧千佐子《かけひちさこ》事件の後は、「支えてくれる女性」も、慎重に選ばなくてはならなくなってきました。

芥川賞を受賞して話題となっている「おらおらでひとりいぐも」の著者である若竹《わかたけ》千佐子《ちさこ》さんは、夫の死後、小説講座に通ったのだそうです。書くことによって自分と向き合い、夫の不在の悲しみを埋めていったのでしょう。

そういえば知り合いの三十代男性のお母さんも、夫を亡くした後、かねて趣味としていた小説執筆に、ますます身を入れるようになったとのこと。が、

「この前は、とある市民文学賞にも入選して、喜んでいたんですけど……」

と、口ごもる彼。どうしたのかと思えば、

「それがすごいエロい描写が盛りだくさんの小説なんですよ！」

とのことではありませんか。

「息子の僕から見たら、小太りのブスなおばちゃんでしかない自分の母親が書いた性描写とか、生々しくて読みたくないっす」

と、渋い顔をしています。

彼の気持ちも、わからなくはありません。もし自分の父親がエロ小説を書いていたら、私も渋い顔にはなるかもしれない。けれど、父親の裏の顔見たさのあまり、結局は読むだろうなぁ。

いったん家庭の主婦となった女性は、ずいぶん窮屈に生きていかなくてはならないようです。夫からは、自分を看取った後で死ぬようにと期待され、子供からは生々しい女性性が「母」の顔から決して漏《も》れ出さないようにと期待されるのですから。

しかしそんな家族からのプレッシャーも、これからは漸減していくことでしょう。今の若い男性達は、プロ野球選手のように妻にもたれかかることはしません。妻に先立たれても「どうやって生きていけばいいかわからない」とは、なりますまい。また今時のお母さん達も、「自分も女である」ということを、子供達の前でも隠さないように見受けられるのですから。

それにしてもノムさんは、これからどう生きていくのでしょうか。妻に先立たれてガックリ、では当たり前すぎて、ノムさんらしくありません。サッチーさんは「男は死ぬまで働け」という主義だったそうなので、ずっとお元気でテレビに出続けることが、何よりの妻への愛、ということになるのでしょうね。

〈追記〉沙知代さんの他界から約二年後、ノムさんは世を去った。病で寝付くこともなく、夫婦ともども理想の亡くなり方をしたといえよう。

マイノリティーの強み

平昌オリンピック・パラリンピックを見ていて思ったのは、かつての北島康介《きたじまこうすけ》選手の「チョー気持ちいい」のように、自らの感情を爆発させる人がいなくなったということ。

アスリートのインタビューにおいて、「楽しみたい」とか「自分の滑り」とか「次につなげる」等、時代によって流行りの言い方があるものです。が、今回のオリンピック・パラリンピックでは、特に流行った言い方はなく、過去の流行語を使う人が多かったのと同時に、耳についたのは「ので」の多用。

「自分の滑りができたので、よかったと思いましたしタイムもそこそこだったので、次につなげることができると思ったので……」

と、「ので」の連続でなかなか話を切ることができない人が目立ったのです。

冬季のアスリートは、年間を通して注目されるわけではないので、話が上手ではなくても仕方がないところもありましょう。が、清宮幸太郎《きよみやこうたろう》や大谷翔平《おおたにしょうへい》、アスリートではないけれど藤井聡太といったところは皆、話すフレーズが短いのが特徴。単にマスコミ慣れしているというだけでなく、超大物は話でも無駄な動きをしないのか。

一般的なアスリートのインタビューにおいて、最近は「とにかく感謝」という圧力が強いようです。ソフトバンクのCMにおいて、竹内涼真《たけうちりょうま》演じる学割先生が、生徒に対して、

「今の君に足りないものは感謝」

「サンキューお日様、サンキュー空気」

などと言っていたのは、そんな傾向を揶揄《やゆ》しているのかと思ったのですが、最後はサッカーのパスにも感謝↓サンキューパス↓サンキュッパで三九八〇円、というオチだった。

とはいえ、晴れ舞台でまず感謝を述べるのは日本人だけではないわけで、先日開催されたアカデミー賞の授賞式でも、受賞者達は盛んに感謝を述べていました。感謝すべき人を忘れないようにと、そのリストを紙に書いてくる人も、かなりいた。

それにしてもさすがアメリカの映画界の人々は、見せる技術を知っています。式自体も、無駄なドラム客席の人達の衣装やたたずまいを眺めるだけでも、退屈しない。式自体も、無駄なドラム

ロールなど一切なく、スピーディーに展開していきました。

日本でも、その手の授賞式はたくさんありますが、かの国との最も大きな違いは、スピーチにおける、ユーモアと政治的発言の有無でしょう。特に政治的な発言は、日本の芸能界では皆無。アスリートへのインタビューと同様、自分の意思は出さずに感謝に終始する人ばかりです。

今回のアカデミー賞で目立ったのは、多様性にまつわる発言や演出でした。アフリカ系や女性の受賞者が少ないこと、昨今の「#MeToo」問題等を受けて、今年は例年以上に、アフリカ系や女性にスポットライトが当てられていた気が。

主演女優賞は、『スリー・ビルボード』のフランシス・マクドーマンドが受賞しました。彼女のスピーチの最後には、各賞にノミネートされた会場の女性達に、立つようにと要請。その数がいかに少ないかをアピールしたのですが、私はその様に思わずグッと……。「いくつになっても色っぽい」みたいなことに依って立つ日本のシニア女優とは大きく違うなぁ、と。

日本よりはうんと進んでいるかに見えるアメリカでも、多様性への取り組みは常に続いています。先日の「国際女性デー」の前後には、日本でも多少の動きがあったようですが、オリンピックが終わるとカーリングが忘れられてしまうように、女性の地位に関してもまた、日本ではイベントが終わると忘れられがち。

そんな中でも特にマッチョな空気が濃いのが、お笑い芸人の世界なのではないか、と以前本欄で書いたことがあります。各種のコンテストにおいても、最終的に残る顔ぶれは男ばかり。アファーマティブ・アクションがあってもいいのでは、と。

しかしその世界にも、変化の蠕動《ぜんどう》が見えるようになりました。その文章を書いた直後には、『女芸人№1決定戦　THE W』が日本テレビで放送され、ゆりやんレトリィバァが初代女王に。そして先日の『R－1ぐらんぷり』では、ほぼ全盲という芸人の濱田《はまだ》祐太郎《ゆうたろう》が優勝。……ということで、俄《にわ》かに「芸人の多様性」が目につくようになったではありませんか。

R－1ぐらんぷりのファイナルステージに上がったのは、濱田祐太郎の他にゆりやんレトリィバァ（女）、おぐ（男）の三名。芸人界におけるマイノリティー二人と男が争う形となり、濱田さんが勝利した、と。

濱田さんは、盲目ネタで笑いを取っていたのですが、「盲目ネタ以外でも勝負してほしい」といった意見も見られました。が、マイノリティーにとっての鉄板ネタは、そのマイナー性。それは、女芸人に女ネタを禁ずるようなものでしょう。

自らのマイナー性を笑うことができるのが、マイノリティーの強みです。してみるとお笑いの世界のマジョリティーである普通の男性は、男性であるというだけでネタが一つ欠けている状態であるわけで、案外つらい立場にいるのかも。これからお笑いの世界が先駆けとなって、日本の多様性が拓かれていけば面白いなぁ、と思います。

「詩人最強説」を実感

何年か前のこと。地下鉄の駅を降りて、地上出口へと続く階段の踊り場で、知った顔の老紳士が前から歩いてくるのを目視した私。誰だったっけ……と瞬時に考えたのですが、思い出すことができません。

その駅が以前勤めていた会社の近くだったので、「きっと会社員時代の先輩のどなたかに違いない」と思い、

「こんにちは」

と、すれ違う時に挨拶。すると先方も、会釈《えしやく》を返して下さいました。

が、地上に出てしばらくしてからハタと気づいたのは、

「さっきの人、知り合いじゃなかった。谷川俊太郎《たにかわしゆんたろう》さんだ！」

ということでした。写真などを見て私はお顔をよく知っているので、つい知り合いだと思ってしまったのです。

恥ずかしさと同時に、挨拶を交わした喜びをじわじわと感じていた私。それというのも「谷川俊太郎」の名は、子供の頃の私にとって、非常に印象的だったから。

子供時代、私は月に一回、『ピーナッツ』すなわちスヌーピーのコミックスを買うことを無上の楽しみとしていました。コミックスの表紙に、作者であるチャールズ・M・シュルツの名とともに書いてあったのが、「谷川俊太郎 訳」の文字。ピーナッツ・コミックスの訳者として、私は最初に谷川俊太郎さんと出会ったのです。

その後、「ピーナッツを訳している人は、詩人だ」ということを知った私。しかし今考えてみると、最初にピーナッツの日本語訳を谷川俊太郎さんに依頼しよう、と思った人がすごい。

チャーリー・ブラウンやライナスといった、ピーナッツの登場人物達は、子供なのに時に厭世的であったり、時に悲観的であったりします。そんな言葉を詩人が日本語にすることによって、我々読者は子供の頃に、豊かな日本語に触れることができたのではないか。

ある翻訳家の方と話していた時、「詩人最強説」という話になったことがあります。詩人という人達は、翻訳をしてもとてもセンスが良いし、エッセイを書いても本職エッセイストよりも面白い。もしも文章の様々なジャンルの代表が異種格闘技をしたら、最強なのが詩人なのではあるまいか、と。

ある詩人の方が書いたエッセイの本を読んでいた時も、私はその面白さに唸《うな》っておりました。その中に、「この文章は、エッセイではなくて、詩なのだ」といったことが書いてあって、「なるほど！」と、膝《ひざ》を打った私。詩人にとっては、どんな形であろうと、書くもの全てが詩なのか！　……と、「詩人最強説」が解き明かされたような気に。

そんな中、東京オペラシティで開催されていた「谷川俊太郎展」に、行ってきました。詩人の展覧会って、どういうこと……？　と、思いつつ。

アート作品などが並ぶわけではありませんから、決して派手な展覧会ではありません。しかし会場は、かなり混んでいました。私は詩の熱心な読者ではないのですが、一つの部屋の壁に一つの詩が書いてあったりもして、改めて詩というものと対峙《たいじ》した感じ。知っている詩もいくつかあって、谷川俊太郎の詩は、日本人にとって知らぬ間に我が身に染み込んでいるのだなぁ、とも思った。

谷川さんは、昭和六年生まれの八十六歳（二〇一八年当時）です。私の父親と同世代、かつ同じ地の生まれで高校まで同じだったことを展覧会で知って「へー」などと思ったのですが、かつて父親が、

「昔は軍国少年だった」

と言っていたのを聞いて、驚いたことがある私。戦争どっぷりの少年時代から、敗戦によって民主主義の世の中へと激変していくのを体感した、複雑な世代です。

昔の雑誌においては、若者代表的な立場として、谷川俊太郎さんが座談会等に登場しているのを、見たことがあります。古い世代からしたら、谷川さんのような新しい世代の若者の意見は、恐ろしいような感じもしたのではないか。

そんな谷川さんの言葉は、今の若者にも受け入れられています。展覧会に来ているのは、中高年というよりも若者のほうが多かった印象。そのフラットな言葉遣いは、世代を選ばずに受け入れられているのでしょう。

展覧会後、「そういえば日本人にとって詩というのは、昔から身近にあったものであることよ」などと考えつつ、私は帰途に就きました。平安時代の文章を読んでいると、かの時代の人達は、まるで私達がメールやLINEをやりとりするかのように、和歌すなわち詩を、やりとりしています。和歌を詠むことが基礎的な教養であり、日常の一部だったのであり、さらに以前の万葉の時代から、詩は日本人の身近なところにあった。

詩とは、人が自分の気持ちを外に出したいと思った時の、最も濃縮された形なのかもしれません。それを人によって、小説に希釈したり、エッセイに希釈したり、はたまたアートに希釈したりするのかも。全ての表現の源が、詩なのかもなぁ。

……などと思う私は、詩心を全く持たない者。詩人はエッセイを書くことができても、エッセイストが詩を書くことはできないわけで、いったん希釈されたものを元に戻すのは難しいみたいですね。

香港へ、中年女二人旅

数年ぶりに、香港に行ってきました。かつて年に何回も香港に通っていた香港好きの友人は、

「大陸から来た人が増えて、昔と雰囲気が変わってしまった」

と足が遠のいたようですが、そこまでの香港通でない私は、相変わらず熱気の溢れる街であることよ、と思っていました。

しかし香港の人は、

「何で香港に来るの？」

と、我々に問います。

「食事が美味しいし、あとは買い物も……」

と答えると、

「だって日本は食べものが美味しいし、買い物だって何でもあるじゃないの。わざわ

ざ香港まで来ることはないんじゃない？」

と。

そう言われてハタと、「それもそうだ」という気にはなりました。若い頃に香港に行くと、知らないヨーロッパブランドのお店があって、「素敵」と思ったもの。しかし今、その手のお店は、あらかた日本にあります。日本人の「海外のものを日本に引っ張ってくる能力」はすさまじく、世界のあらゆるものが日本に、と言うより東京に、もっと狭く言うなら新宿伊勢丹にあるのではないか、という気がするほどです。

気がつけば、今回の香港で、買い物らしい買い物はしなかった私。買い物好きとして名高いバブル世代ではあるものの、そんな自分を含めて、日本人の買い物欲は今、萎《な》えているのかもしれません。

その上私は、顔が非常に香港っぽいのです。髪を結んでメガネ、みたいな人が香港にはたくさんいるので、街を歩いていても同類ばかり。外国に来ていることを一瞬忘れるほどの馴染みっぷりだったのであり、異国気分をさほど味わわなかったことは、間違いありません。

今回は、出張で香港に滞在している女友達と合流して遊ぼう、という計画でした。現地集合の気楽な旅ですが、これも、外国の人にとっては「なんで？」という行為のようです。中年の女が二人で旅をして何が楽しいのだ。海外に行くなら、夫かパートナーと一緒が普通じゃないの？　と。

これもかねて、日本人が直面しがちな問題と言えましょう。我々には「配偶者と一緒にいるのは『生活』。『生活』の場から離れたら、同性と一緒にいる方が気楽」という頭があって、夫やらパートナーがいるのに、同性の友人と旅に出たり食事をすることがしばしばあります。

しかしカップル文化がある国においては、いい大人が同性同士であると、同性カップルと目されがち。確かに、日本に来るインバウンドさん達を見ても、特に欧米人の中年の女二人組は、あまりいない気がします。

「じゃあ欧米の中年女は、夫とは一緒に行きたくないけど旅行はしたい、っていう時にどうするわけ？」

と、私は昼食のエビワンタン麵《めん》をすすりながら、友人に尋ねました。すると欧米事情に詳しい彼女は、

「離婚するんじゃないの？」

とのこと。旅行に行きたくないほどの夫と一緒に居つづけないであろう、と。

さらには、

「中年が女同士でツルむっていう頭が、はなから無いと思うわよ。女同士で何かする楽しみを、彼女達はあまり知らない」

と言うではありませんか。

プリプリとしたエビ、そして独特な食感の細い麺を咀嚼《そしやく》しつつ私は、

「でもさ、『セックス・アンド・ザ・シティ』とか『テルマ＆ルイーズ』とか、女同士の友情モノも、あったじゃない？」

と問えば、

「あれは、ドラマとか映画にするほど珍しい事象っていうことなんじゃないの？」

ということ。「ナルホド」と納得して、さらに私は麺をすすったのです。

同性同士で行動する方が楽しい、という感覚は、「男女七歳にして……」という儒教文化の国の生まれであるからこそ、私達に染み付いているのかもしれません。中年女二人の海外は、確かに気楽なのであり、朝は現地のファミレスのような店でまったりとコーヒーを飲みつつ、地元の人達が勢いよく朝食を食べるのを眺めたりして。

その時、隣のテーブルでは、香港上海銀行のノートを持った若いビジネスマンが、一人で朝食を食べていました。

「あらイケメン」

「その上、エリート」

などと囁《ささや》き合うのもまた同性旅ならではであるわけですが、その彼がノートを開くと、中身がちょうどスマホが入る場所だけくりぬいてあって、スマホがはまっている。すなわち、ノートを見るフリをしてスマホを眺めることができるようになっているではありませんか。これなら会議中もスマホがいじれる！

私は海外であるのをいいことに、友人に、

「この人のノート、ウケるんですけど」

と日本語で解説。二人でニヤニヤ笑っていると、気付いていたのは私達だけではないらしい。周囲の客からも、

「それ、いいアイデアだね！」

などと言われている模様で、一同ニヤニヤ……。

と、こんな些細《ささい》なことこそが、旅の楽しみ。大きな買い物もめくるめく冒険ももうしないかもしれませんが、これからも袖すりあった人達と、ニヤニヤし合いつつ旅をするのでしょう。

女性権力者の2タイプ

清水《しみず》ミチコさんファンの私。先日もライブに行ってきました。ライブにおいて、客席からのリクエストを聞いて歌うミュージシャンは珍しくありませんが、清水さんはモノマネにおいてこれを行います。

今回、そのコーナーで最もウケたのは、

「至学館の学長ーっ！」

という、客席からのリクエストでした。伊調馨《いちょうかおり》さんのパワハラ問題に関連して突如浮上してきた、至学館大学の女性学長。その背景に漂う強烈な自信に対して、我々は謎の圧迫感を覚えていたわけですが、

「伊調さんはそもそも選手なんでしょうか……」

といったモノマネによりその個性が抽出されることによって、モヤモヤが昇華されてスッキリすることができたのです。

清水さんは、

「権力持つ女性っていつの時代もおいしいわ〜」

とブログに書いておられましたが、それはつまり、モノマネの対象として「おいしい」ということ。思い返せば、数年前のライブの映像において、アメリカのライス国務長官（当時）に扮《ふん》した清水さんを見て、私は身を二つ折りにするほど笑ったものでしたっけ。小池百合子さん、田中眞紀子さんも鉄板のネタですし、今回は韓国の朴槿《パククネ》恵前大統領のモノマネも出色だった。

朴槿恵さんのモノマネは、日本語で行われました。「もし日本語を話したらこんな感じ」というわけで、それはもしかするとモノマネを超越した芸なのかもしれませんが、「いや確かに似ている」と、私たちに思わせる。

「権力を持った女」の像は、我々見る側にとっても「おいしい」のです。なぜかと考えてみれば、まず日本で権力を持つ女性はそれだけ少なく、特殊ということがありましょう。

日本は、世界の中でも女性の活用度が最も低いレベルの国であることは、よく知られています。政界でも財界でも、女性の割合は低い。そんな中でたまに登場する女性権力者は強い個性を持っていることが多いし、その姿はおじさん達の中でよく目立つのです。

女性権力者は、自らの才覚で権力を摑《つか》んだ「実力型」と、偉いお父さんと同じ道を進んだ「お父さん偉い型」（以降、「父偉型」）に大別されます。後者であっても、お父さんが偉いことに加え、実力も兼ね備えた上で権力の座に就いた人も多いのですが、しかし見ていて圧倒的に面白いのは、後者の方。

その代表例が田中眞紀子さんや朴槿恵さんであるわけですが、至学館の学長もまた、学園の創業者一族に生まれた父偉型。少し前に話題になった、大塚家具のお嬢さんのような方も、いらっしゃいます。

父偉型の女性権力者は、確固たる自信を持っているところが特徴です。田中眞紀子さんのように、父・角栄《かくえい》という燦然《さんぜん》と輝く金屏風《きんびょうぶ》の前に常に立つ女性はもちろんのこと。そして至学館という名は、名古屋の人やレスリングファン以外にとっては「？」というものかもしれませんが、その帝国の中の人にとっては、トップに立つ学長は、帝王。彼女の自信は、そこから生まれてくるのでしょう。

自分に自信が無い、もしくは持っていても「無いフリ」をする女性が多い日本で、大小様々な帝国で育まれた、父偉型の女性達の自信は、突出しています。その自信の表出のさせ方が、男性に比べると女性はまだ不慣れで、時に奇矯《ききょう》に見えたりするからこそ、モノマネ的にも「おいしい」のだと思う。

私の周囲の働く女性達も今、規模の大小はあれ、「権力を握る」お年頃です。会社勤めを長年続け、責任ある地位に就く人も増えてきました。

彼女達の多くは実力型として出世していますので、父偉型の人達のように、人の上に立つことに関して自信を持つ人ばかりではありません。特に、年が近かったり年上の男性を部下に持つ人は、おおいに気を遣っている模様。

「女がちょっと偉そうな物言いをすると、男性が同じことを言うよりも何倍も強権的に、怖く聞こえるから、気をつけている」

と、彼女達は言います。

気づけばベテランの私も、ストレートな物言いをしたりすると、若い編集者さんの顔がこわばったり、手が震えていたりしていることがあります。体調が悪いのかと思えば、さにあらず。

「それ、あなたのことを怖がってるんだと思う」

と、会社で管理職として働く女性から指摘を受けたものです。

以降、怖くならないよう気をつける私なのですが、しかしそれも無責任なのかも、と最近は思うようになりました。自らを安全地帯に置き、嫌われないようにしているだけではないのか。言うべき時は言うというのも、大人の責任ではないか、と。

対して父偉型の女性権力者は、最初から「嫌われないようにしなくては」などと考えていません。何があっても帝国のトップの座は揺るがないという確信が、「嫌われたくない」という卑小な思いを凌駕するのでしょう。

彼女達は、「男も女も、怖い時は怖い」ということを知らしめる貴重な存在。ちょっと注意されると会社を辞める新入社員が多いと言いますが、ナチュラル・ボーン・権力者の女性達の強烈な姿は、彼らにある種の多様性を示してくれるのかもしれません。

若者の取り扱い、今と昔

出身大学の出身学部の先生から、新入生向けに何かトークを、というお話をいただいて、久しぶりに母校へ行ってきました。

とはいえ、私が卒業した時代とはキャンパスの場所も変わり、学部の名称も変わり、かなりのアウェイ気分。懐かしさも中くらいナリ、という感じです。

時はちょうど新歓、すなわち新入生歓迎の時期であり、キャンパスの中庭では、体育会の部や様々なサークルが、盛んに新入生達に声をかけていました。皆、それぞれのユニフォームに身を包み、手に手にチラシや看板を持って、お祭りのような賑やかさです。

その様子を眺めながら、私は胸をキュンキュンさせておりました。新入生達はきっと、ただならぬ緊張と期待で今、ここを歩いているのだろう。この四月・五月に、どれほどの恋が生まれたり消えたりするのか……などと思いつつ。

さらに実感したのは、「ここにいる人達って全員、所属先が同じなのか!」という事実でした。学生達が身につけるジャージやユニフォームに書いてあるのは、当たり前のことながら、全て同じ大学の名前なのです。

フリーの身の私は、〝所属先が同じ〟という仲間は持っていません。仕事をする相手とは、その場その場で違うユニットを組む、という感じ。

だからこそ私は、「キャンパスの中にいるのは、同じ所属先の人ばかり」という状況に、新鮮さを感じたのでしょう。学生時代、それはごく当たり前のことだったけれど、今思えばキャンパスの中というのは、守られた安全地帯だったのだなぁ……。

大きな教室でトークは行われたのですが、そこは新入生ですし詰め状態でした。大量の若者をいっぺんに見る機会がない私は、若者達が発する「ムンッ」という熱気で、若者酔い状態に。

大学の先生方もおっしゃっていましたが、最近の学生というのは真面目です。私であったら、よくわからないOGがやってきて話などされても、ずっと寝ていたと思うのですが、とりあえず目は開けてくれている。ほとんど授業に出ずに部活動ばかりしていた、といった自分の学生の頃の話は、あまりにも前時代的すぎ、恥ずかしくて口にできないムードでした。

今時の若者は、真面目な上に、素直な良い子でもあるのです。積極的に質問をしてくれる子も多く、何とも可愛い。私は彼等の幸多き未来を祈りつつ、トークを終えて壇上から降りました。

引き続き行われた、先生方の紹介なども眺めていたのですが、そこでも感じたのは、今、若者達は実に丁寧に扱われているということです。新入生達が飽きないように、学校を好きになるようにと、先生方はおおいに気を配りつつ、プログラムを組んでいる。

昔はもっと、若者は雑に扱われていました。我々の時代、特に体育会などでは、先輩が後輩を殴《なぐ》ったり、女子学生をからかうセクハラまがいの言動も珍しくはなかった。しかしその後、セクハラ、パワハラといった言葉が人口に膾炙すると、その手のことはしてはならないという意識も広まってきたのです。

たとえば女子レスリング界のように、今もハラスメントが横行する世界もあるようですが、それは極端に狭く、また閉ざされた世界だからなのでしょう。外の世界との交流が少ないから、タコツボの中で昔のやり方が通用してしまったのだけれど、そのハラスメントを訴えることができるようになったのは、今だからこそ。

狭い世界で生きる私も、トークの時は少しばかり、気を遣いました。大人相手に話をするのであれば、得意のシモがかった話を織り交ぜたりすることもありますが、相手が十八、九歳かと思うと、それはさすがにできない。乱暴な冗談など言って、まだ柔らかな若者の心を傷つけるのもまずかろうと、オブラートに包んだような表現を多用……。

結果、ただでさえ話すのは得意ではないのに、いつにも増してキレの無いトークを披露してしまった私。一番盛り上がったのは、最後に拙著をプレゼントするために行ったジャンケン大会であることを、ここに告白しておきます。

これから若者はどんどん減っていくわけで、若者の取り扱いはさらに丁寧になっていくものと思われます。大学も生き残りをかけ、学生や受験生に対する顧客サービスを、ますます手厚くしていくことでしょう。

ここで、「昔はもっと若者を手荒く育てたものだ」などと思うのは、中高年の郷愁でしかありません。昔の若者は、傷つこうが壊れようが自己責任。

「君の替えはいくらでもいるんだよ」

で話は終わりましたが、これからの若者は希少で貴重なフラジャイルです。壊れてしまったらそうそう替えは見つからないのであって、社会全体が温かく見守っていかなくてはならない。

先輩から殴られても訴え出ることすらできず、その恨みをさらに自分の後輩に向ける、といった悪循環が見られた昔に比べたら、今の方がずっと健全な気がする私。ハラスメントは減ったにせよ、社会に出たらたくさんのつらいことが待ち受けているかと思えば、せめて大学の四年間は、守られたキャンパスで楽しく過ごしてほしいものよ、と思うのでした。

男性アイドルの高齢化

ジャニーズ好きの友人達を見ていると、ジャニーズを好きという資質を持っているか否かで、女の人生はだいぶ違ってくる気がしてなりません。

とにかく彼女達は、楽しそう。ライブ前はダイエットをして美しくなり、ライブ本番は「まぐわい行為と同等もしくはそれ以上」の興奮を覚えると言うのですから。ジャニーズを好きになるか否かは、生まれた時から決まっています。その手の資質を持っていない私のような者は、どう頑張っても一生、彼等にキャーキャー言うことはできない。ライブで絶頂に達し、SMAP解散だと言っては泣き……と忙しい彼女達を見ていると、損をしたような気分になります。

関ジャニ∞の渋谷《しぶたに》すばるさんが脱退を表明したことで、世はまた騒ぎになっています。会見を見る限りでは、SMAPとは違ってグループに亀裂が入ったわけでなく、彼個人の希望で脱退、ということらしい。

ファンの人達は、「辞めないで」と思うのでしょう。が、ファン資質を持っていない者からすると、「まぁ普通、そう思うよね」という感覚。SMAPの時も思いましたが、ずっと同じメンバーで、いい年をした男達が、まぐわいと同等もしくはそれ以上の興奮を全国何十万人のファン達に与えるために活動を続けるのもしんどかろう、と思うから。

渋谷さんは三十六歳（二〇一八年当時）だそうですが、三十代後半といえば、企業人であればそろそろ部下も持ち、責任ある仕事を任される年頃。しかしアイドルである限り、彼等は派手な衣装を着て、ファンに笑顔を向け続けなくてはなりません。会見における渋谷さんの真剣な表情を見て、「わかるわ……」と、私は言いたくなった。関ジャニ∞には三十代前半のメンバーもいますが、「若者」の領域にまだ片足を突っ込んでいる彼等には、渋谷さんの気持ちは、わからないかもしれません。三十五歳になると急に意識しだすのが、四十歳という年齢です。四十といえば立派な中年。その時に俺、まだ元気いっぱいで笑顔や精気を振りまかなくちゃいけないのかな……。と、渋谷さんも思ったことでしょう。

振り返れば私も、三十五歳で「あ」と思った気がします。若者気分を引きずってきたけれど、もう私って若くないんだ、とハタと気付いて、人生のギアチェンジをしたかも。成人年齢は十八歳に引き下げられると言いますが、平均寿命がぐっと伸びた今、実質的な成人年齢もぐっと高くなったのではないか。

特に男性アイドルにとって、この手の悩みは深いことでしょう。女の場合、三十代までアイドルを続けるということは、実際問題として不可能。次々と若い女の子が登場するし、本人達もある程度の年になったら「結婚して子供を産みたい」と辞めていくのです。

しかし男性の場合は、三十歳を過ぎてもアイドル活動が続行可能。最近の男性アイドルは、明らかに高齢化しているのです。

一九六〇年代から七〇年代にかけて活躍したジャニーズアイドルグループといえばフォーリーブスがいますが、彼等は二十代後半くらいで「アイドルとしてはそろそろ限界」という感じで、解散していきました。一九七〇年の時点で、日本男性の平均寿命は七十歳に届いていなかったことを考えると、二十代後半というのは相当にロートル感があったものと思われる。

その後も、ジャニーズから様々な男性アイドルがデビューし、メンバーの高齢化とともに消えていきました。が、そんな中でアイドルの高齢化を推し進めたのが、ＳＭＡＰです。「キムタクも三十歳か〜」「キムタクも三十五歳か〜」「……ていうかキム

タク、四十歳？」と、彼等はアイドルのまま中年化したという点においても、画期的なグループ。我々は、

「中居くんも年とったね〜」

などと言いながらアイドルの経年変化を鑑賞するという新しい楽しみを見出しました。

SMAP解散時点で結婚しているのはキムタクだけでしたが、男性であれば、四十代での子作りも可能。そんな事情も、男性アイドルの高齢化を招いているのではないか。今ではTOKIOやV6も中年アイドルですし（少年隊という大御所もいるが）、嵐ですら中年の域に入りつつあります。

とはいえ、やはり年齢は年齢。若い頃は夢中でアイドル活動をしていた彼等も、ある程度の年になれば、「この年で俺は何をしているのだろう」と、我が身を客観視することになりましょう。

ファンでない者としては、ですからSMAP解散の報を聞いた時、「よかったね、やっと楽になれて」と思ったことでした。渋谷さんにも、「今まで、つらかったことでしょう」と言いたい。

事務所から離れるのも勇気のいることとは思いますが、今、本当に不安なのはアイ

ドルを続ける側なのではないかと私は思います。司会等の特殊技能がある人はいいとしても、何となく中年期を迎えたメンバーが「この先どうなるのか俺」と考えた時の恐怖心たるや。……ということで、男性アイドルのセカンドキャリアも、ジャニーさんが面倒を見てあげればいいのにね、と思います。

〈追記〉ジャニー喜多川氏は、二〇一九年に死去。嵐は、二〇二〇年いっぱいで活動を休止した。ＴＯＫＩＯは、長瀬《ながせ》智也《ともや》さん脱退後、株式会社ＴＯＫＩＯを設立し、Ｖ６は二〇二一年十一月に解散予定ということで、ジャニーズアイドルにも、無常の風が吹く。

セクハラ断ち、頑張りましょう

ジャニーズアイドルから政治家まで、セクハラのニュースが毎日のように耳目に触れる昨今。世の男性達の腰は引けまくっており、

「取引先の営業が女性だと怖くなる……。できれば男の営業に来てほしい」

といった声も聞かれます。

ある粋《いき》な老紳士は、

「艶笑《えんしょう》話がセクハラとされて封じられると、もう自分に残されたのは病気の話しかないなア」

と、嘆いておられました。

私も、その手の話は嫌いではない方。女であることにあぐらをかいて、シモがかった話を安心してするのもまたセクハラであろうと、気を引き締めているところです。

シモがかった話を禁じられてみると、残されたのは病気の話だけだった。……とい

うように、当たり前に存在していたものが禁じられたり無くなったりした時の喪失感は確かにありますが、私も今、その只中にいるのでした。

それというのも今、我が家のテレビが壊れて、見ることができないのです。テレビ大好き、というわけでもないので、平気かと思っていたら、やはり無いと寂しいではありませんか。食事が終わってソファーに座った瞬間、ついリモコンに手が伸びてしまい、「あっ、見られないのだった」と、気づく。

洗濯物を畳《たた》むとか、豆のスジを取るといった、さほどクリエイティビティを必要としない作業をテレビの音を聞きながらするのは楽しいものですが、そんな作業も、今はしーんとした中で行っている私。テレビは、私の生活の隙間を埋めていたのです。

毎朝、私にお天気を教えてくれていた天達《あまたつ》さん（知らない方に注・朝の番組『とくダネ！』に出演している気象予報士）に会わなくなって、もう一週間。天達さん、元気かしら。……などとも思ったりして、案外テレビに依存していた自分を知ったのです。

ほぼ同じ頃に買った電化製品が寿命を迎える時期らしく、前後してウォシュレットも壊れ、しばらく使用できなかった我が家。そうなってみるとやはり、排泄《はいせつ》そのものはできるけれど、尻が寂しい感じです。海外に行った時も感じることですが、ウォシュレットは我が尻の良き友でありました。

禁煙中の人って、こんな感じなのかしら。……と、テレビやウォシュレットの無い中で、私は感じておりました。電化製品の場合は、壊れたら使用できないので仕方ありませんが、煙草の場合は、買おうと思えばすぐに買うことができる。なかなか禁煙が成功しないのも、無理はなかろう。

以前、ある人の病気平癒を祈って、「ゲーム断ち」をしたことがあります。昔の人は、願掛けのために「茶断ち」などしたそうですが、お茶に対してさほど思い入れが強くない私、その時点で最も「せずにいられないもの」は何かと考えたら、それがスマホのゲームだったのです。

電子系のゲームが出始めた当初から、始めると止まらない気質だった私。ゲームのせいで視力はガタ落ち、仕事の時間も圧迫されていたにもかかわらず、どうしてもしてしまう。ここで一発、さる人の病気からの回復を祈る気持ちをゲーム断ちに込めようではないか、と決心したのです。

それまでは、食事が終わった時、仕事で一息ついた時、電車に乗った時……と、何かにつけてゲームをしていたのをいきなり断ったので、目には残像が焼きつき、したくてたまらない日々が続きました。が、次第にゲームのことを思い出さないようになり、数ヵ月後には「したい」と思わないように。

ゲーム断ちは見事に成功したのですが、その時に私はふと、「これでいいんだっけ？」と、思ったのです。私は、願掛けを利用して、悪い習慣を断っただけ。願掛けというのは、本来であれば止めなくていいものを我慢する、という行為なのではなかったか、と。

そういえばある知り合いは、自らの人生の成功の為に、「肉断ち」をしています。健康の為ではありません。十分に健康、そのうえ本来は肉が大好きなのだけれど、「好きなものを断つところに意義がある」のだ、とのこと。

それを聞くと、やはり私のゲーム断ちによる願掛けは、間違っていたような気がしてなりません。自分の大好きな甘いものや中華料理を断たないと、意味が無かったのでは……？　でもそんなの無理！

というわけで、今までシモがかった発言や行動を、女性の前でも当たり前のようにしていた皆さん。セクハラへの風当たりが強くなったということでその手の行為を止めたからといって、何か良いことがあるわけではありません。セクハラという習慣を断つのは、賞賛されるようなことではなく、普通のことなのですから。

セクハラ断ちによって生活はつまらなくなるかもしれませんが、やがては慣れます。セクハラは嗜好品《しこうひん》のようなものですので、急に止めると禁断症状は出ると思いますが、やがてはそれも無くなる。

「ああ俺も昔は、平気で女の子の尻を触ったり、シモネタを口走ったりしていたんだっけなぁ」

と懐かしく思い出す日が来るまで、頑張ってください。私も頑張ります！

〈追記〉ちなみに『とくダネ！』は終了したが、天達さんは後番組の『めざまし8《エイト》』でも、お天気を伝え続けている。

シスターは負け犬？

『さよなら、僕のマンハッタン』という映画を見たら、主人公の青年のお母さん役として、シンシア・ニクソンが出ていました。

「あ、ミランダさんだ……」

と思う私は、ドラマ『セックス・アンド・ザ・シティ』（以下、『ＳＡＴＣ』）のファンだった者。ニューヨークを舞台に、四人の働く独身女性を主人公にしたこのドラマは、世界中の独身女性をとりこにしました。シンシア・ニクソンはその中の一人、弁護士のミランダ役を演じていた女優なのです。

映画の中では、情緒不安定な初老の母親役を演じていた、彼女。最近は、ニューヨーク州知事選に立候補する、といったニュースも報じられており、『ＳＡＴＣ』の頃から時が流れたことを感じます。

懐かしくなって、久しぶりに『ＳＡＴＣ』のドラマの一回目を見てみると、彼女達はまだ携帯電話を持っておらず、家電《いえでん》で連絡を取り合っていました。「そんなに古い話だっけ」と思ったら、『SATC』の初回は、アメリカでは一九九八年に放送されていたのでした。

都市における独身者問題というのは、このように二十世紀末から、顕在化していました。二十一世紀に入ってもその動きは続き、私がその波に乗って書いた『負け犬の遠吠え』は、二〇〇三年刊。

負け犬盛りの頃を懐かしく思い返していたある時、ある場所で、カトリックのシスターにお目にかかる機会がありました。腹の中が真っ黒の身としては、清いオーラに包まれた年配のシスターと相対して緊張してしまったのですが、そのシスターが、

「『負け犬の遠吠え』、面白かったですよ」

とおっしゃったことに、私はびっくり。

「あのような本を読んで下さったのですか！」

と、へどもどしてしまいました。

優しい微笑みを残して去っていかれたシスターの後ろ姿を見つめつつ、失礼ながら「そういえばシスターも、一種の負け犬……」と、私は思っておりました。しかし負け犬とは、結婚したいのにできず、敗北感を自分の中に湛《たた》えながら「でも負けてない

し！」とばかりにキャンキャン吠える都市の女性達（自分含む）のことを書いた書。対してシスターは独身とはいえ、神様に嫁《とつ》いだ身。自らの意志で、結婚をしていないわけです。

そんな女性も『負け犬の遠吠え』を読んで下さったかと思うと、私の中にはじんわりと、喜びそしてニヤニヤ感が湧いてきたのです。

二十世紀末、同時多発的に世界の各都市で噴出した独身者問題は、今もって解決していません。いや、ニューヨークやロンドンのことは知りませんが、少なくとも東京では、三十代以上の独身者はごろごろしている。

そんな中、宗教的理由から独身を貫く聖職者のことが、羨《うらや》ましく見える時がありま す。誰と結婚したらいいのか、どうやって結婚するのかといったもやもやとした感覚から、聖職者達は自由でいられるのですから。

以前、山中にて修行の日々を送るお坊さんの有り難いお話をうかがったことがあるのですが、お坊さんもまた、

「ここでの生活は、ある意味で楽なのです」

と、おっしゃっていました。何を着ようか、将来どうすべきか、といったことに悩まされることが無い。我々は、ひたすら仏の道を歩んでいけばいいだけなのですか

ら、と。

なるほど、とその時も私は思ったことでした。ヘアスタイル一つにしても、白髪染めのことも髪が薄くなることも、お坊さんは悩まずともよいのです。

選択の幅を狭める、もしくは無くすことによって楽になるということを、私達はたとえばスティーブ・ジョブズにも見ることができました。「毎日、何を着ようかと悩むのは無駄」ということで、黒のタートルネックにジーンズ、というスタイルを貫いた彼。黒のトップスに黒のスカート、というスタイルを若い頃からずっと貫いている友人がいますが、彼女も、

「着るものから自由になれるって、いいわよ」

と言っていましたっけ。

そういえば私は一人旅をする時、「別に誰に見せるわけでなし」とパンツ以外は着替えずに毎日同じ服を着るのですが（夏場のTシャツ等は例外）、確かにそうすると、たいそう楽なのです。荷物も少ないし、朝もささっと出かけられる。

かつて制限だらけの生き方しかできなかった日本女性は、今まで、できるだけ多くの選択肢を求め続けてきました。しかし今、公私ともに男性以上の選択肢を与えられた我々は選択疲れしているのかもしれないと、シスターにお目にかかった私は、思っ

ていました。外見のこともモテのことも、お金持ちになりたいとか老後どうするといったことも考えずに、聖職者達は祈りの中に生きています。

そんなシスターが、世俗の垢《あか》まみれの拙著を「面白い」と言って下さったことが私は嬉しかったわけですが、そんな私も、いつかこの選択地獄から抜け出ることができるのか。私が『置かれた場所で咲きなさい』的な清いエッセイを書き始めたら、「あ、その時が来たのだな」と、思ってやって下さいまし。

「さむハラ」もつらいんです

さる芸人さんの公演を見にいった時の話。今を時めく人気者だけあって、客席も華やかな顔ぶれです。おおいに期待して、座席に座りました。

が、その期待がしゅるしゅるとしぼんでいったのは、会場があまりにも寒かったから。冷房の効かせ方が尋常でなく、芸を味わうどころではありません。

時は春、まだスプリングコートが必要なほどの外気温でした。なぜこんなに冷房を強くするのか……。と、半ば怒りながら、やっと前半の演目が終了。休憩時間となりました。

ロビーで知人と会ったので、

「寒いよね……」

と訴えると、

「寒いね……。でもあの人、暑がりだから仕方ないんだよ」

とのこと。演者の体質上、冷房を強くしているのだ、と。

そ、そうなんだ……。と思ったのですが、どこか納得がいかない。演者に良いコンディションでいてほしいという気持ちはあるけれど、限度があろう。私は会場の係員さんに、冷房の温度を上げてくれるように頼みました。周囲を見れば、同じことを他の人も頼んでいる模様。

とはいえ、油断はできません。コートを着込み、ハンカチを首に巻き、たまたま持っていた新聞紙で下半身を覆《おお》うという遭難者もかくやのスタイルで、私は後半に挑みました。他のお客さんもでき得る限りの寒さ対策をとって座っていたので、屋外のフェスのよう。お年寄りなどはずっと腕をさすっており、本当に可哀想です。

が、室温はピクリとも上昇しません。演者は喋《しゃべ》ったり動いたりしているのでよいのでしょうが、客はじっとしていなくてはならず、ますます寒さが身に沁《し》みる。「お願いだから早く終わって」ということしかもう、考えられなくなっていました。

終演後、外に飛び出すと、ようやく一息。他のお客さん達も「寒かったね」「死ぬかと思った」などと話しています。

その後、ネットで色々と見ていると、その芸人さんの会場が寒いというのは、ファンの間では常識らしい。「寒いと文句を言うなら来るな」「ダウンでも着てろ」といったファンの声も。

ああ、ではもう行かない方がいいのだな、と私は思ったことでした。会場の過酷な温度設定は、にわかファンをふるい落とすためのものなのかも。

寒がりの私は、気温が上昇してくるのは嬉しいものの、このように冷房という憂鬱《ゆううつ》のタネも増えることになります。劇場やホールのみならず、電車やレストランなど、あらゆる場所が冷房でキンキンに冷えだすこの季節。せっかく冬が終わったというのに、また防寒のことばかり考えなくてはなりません。

とはいえ外気温が高ければ、半袖は着たい。着たいけれどももちろん長袖の羽織りものは持っていかなくてはなりませんし、それだけでは下半身が寒いので、ストールも持ち歩かなくてはならず、夏の荷物がかさばることといったらない。

寒い室内に入った瞬間、私の脳裏に浮かぶのは「セクハラ」ならぬ「さむハラ」という言葉です。寒い室内にずっといるというのは、ずっと暴力を受け続けるようなもの。「寒いんですけど」と抗議すれば、

「でも、色々なお客様がいらっしゃいますので」

などと、「嫌なら来るな」という対応。これって寒さハラスメントじゃないの？と、涙目に。

さむハラをする側というのは、健康な成人男性相手の室温設定をしているのでしょう。寒さに敏感な女子供や高齢者や病人に「寒いです」と抗議されるよりも、健康な、そしてスーツを着た男性から「暑いじゃないか」と言われる方が嫌だから、室温を低くしている。男性基準で行われることが女性にとってはつらいという現象は、セクハラと同様の構造です。

東日本大震災が発生後、皆が節電を叫んだあの時の心持ちは、どこへ行ったのでしょう。ジャケットにネクタイの人が「暑い」と抗議することによって、弱者は寒さというボディブローで、元気を削られていく。

……などとプリプリしていたら、とある色っぽい女性から言われたのは、

「モテる女は薄着なのよ」

ということでした。冷えとり靴下を五枚重ねで履いているような女は、モテない。いい女は寒さにも強いのだ、と。

そういえば洒落たレストランにいるカップルを見ると、男性はスーツなのに女性はノースリーブ（冬でも）。テレビを見ていても、司会の男性はスーツなのに、アシスタントの女子アナやアイドルは、ノースリーブ（冬でも）。室内の気温はきっと、スーツ姿の司会者に合わせて設定してあることを考えると、ノースリーブ女子達はよほ

ど寒さに強い体質か、よほど我慢強い気質なのだと思われます。

もっさりと厚着をしているより、ノースリーブで肌を見せる方が素敵に見えることは確かですが、殿方に合わせてずっと冷えに肌を晒《さら》し、「寒さに強い」と思い込んでいる彼女達の身体は大丈夫なのでしょうか。

女子供や高齢者や病人も、半袖を着ていられる室温に設定してほしい、というのは無茶な願いなのか。もしくは全ての屋内施設で、ダウンや毛布といった防寒用具を貸し出してくれないものか。……という私の心の叫びに、誰か「Me Too」と言ってくれないですかねぇ。

運動部という「軍隊」

日大アメフト部の悪質タックル事件を見て脳裏に浮かんだのは、「特攻隊」という言葉です。指揮官から、

「お前ら、死んでこい！」

などと言われて無茶な攻撃をかけ、結果的に自滅。日本には今も、上の指示で特攻せざるを得ない若者がいるのだなぁと、しんみりした気持ちになった。

あの事件の後、かつて運動部に入っていたことがある人の多くは、自分の中の触れたくない過去の記憶が刺激されて、もやもやしたのではないでしょうか。明らかに理不尽な、上からの指示。それに「NO」と言うことができなかった自分。集団心理でついしてしまった、あんなことやこんなこと……。

特に運動部の部活は、爽やかな青春の思い出をもたらすと同時に、人間の最も嫌な部分を露呈させもします。日大事件の後、大学時代の体育会の仲間と会う機会があっ

たのですが、この手のメンバーの絆《きずな》が固いのは、互いの最低と最高の部分を知り合っているから。

話題は日大事件となり、

「思い返せばうちの部も、パワハラのかたまりだったよね」

と、我々は話していました。先輩が後輩を、そしてOBが現役を殴るといったことも珍しくなかったし、まさに上の指示には絶対服従。

「よく辞めなかった」

と、互いの傷を舐《な》め合います。

日大アメフト部のようなメジャーな存在ではなく、しがないマイナー競技の部であったのに、なぜあれほどの理不尽に耐えていたのか、今から思えば不思議です。人生の中で最もつらかった四年間の記憶も、今では笑い話に変わっていますが、当時は真剣に「この人、死ねばいいのに」と、理不尽なOBに対して思っていましたっけ。

現役時代、試合中には「死んでこい」という檄《げき》が飛びました。それは、「怪我など厭《いと》わず、極限まで無理をしろ」という意味。言う方も言われる方も目はイっており、ほとんどうっとりしていた。

私はそんな人々を「これ、軍隊だよね……」と思っていました。しかし自分もまた、軍隊プレイの中でうっとりできる気質であったのです。もしも今、私が男で日大アメフト部員であったら、確実にあのタックルをしていたと思う。

心身共に追い込まれた時に浮上する自分の中の闇を直視できたという部分では、体育会活動に意味があった気はします。今回の日大事件は、その闇を覗《のぞ》き込んだ時の嫌《いや》ーな気分を、思い出させるのです。

その後、時代は変わりました。暴力などがあったら今時の学生は部に残りませんし、親御さんからクレームがつくなど大問題になって、部が存続できない。我が部も、平和裡《へいわり》に活動するようになりました。

そんなご時世ですから、余計に日大事件には「まだやってんだ……」と思わされたのです。意外に軍隊は、日本のあちこちに残っているのかも、と。

大学の体育会に限らず、中学・高校の部活においても、今も基本的感覚が「軍隊」である部は多いのではないでしょうか。監督・コーチが自分達世代の感覚でガンガン指導し、それに合わせられる子、もしくは突出した才能のある子だけが浮上。それ以外は「やる気がない」と、切り捨てられる。

私はNHKの『奇跡のレッスン』という番組が好きなのですが、見ているといつも、「日本の部活、ていうか教育は、これでいいのか？」という気持ちになるのでした。スポーツのみならず吹奏楽やミュージカルなど、様々なことに取り組む日本の若者のもとに世界の一流コーチがやってきて、短期間で集中レッスンをするというこのドキュメンタリーにおいて、子供達はめきめきと成長していくのです。

番組では、いわゆる「やる気スイッチ」が入った瞬間が、子供の顔を見ているだけでわかることがままあります。最後には、それまでは試合で負け続けていた相手に勝利をおさめたりもするという、まさに「奇跡のレッスン」。

番組を見ていつも思うのは、日本の子供達があまりに内向的、ということなのでした。テレビの取材と外国人コーチがやってくるのですから緊張はするでしょうが、それにしても意見も質問も言い出せず、プレイ中に一人では声を出すことすらできなかったりする。

自分の中学時代も同じではありました。が、それは金八先生の時代。あの頃から日本の中学生が変わらないということは、日本の教育が変わっていないということなのでしょう。

監督やコーチなどの指導者が熱血であるほど、子供達の内向性は強まるような気がします。指導者が何でも指示するので自分で考える必要が無いし、「下手なことを言ったら怒られる」という気分も高まり、その結果、日本名物の同調圧力が見事に醸成される。『奇跡のレッスン』では、子供を教えるのと同等もしくはそれ以上に大切になってくるのが、指導者の意識を変えることなのでした。

『奇跡のレッスン』が、不祥事に沈む日大アメフト部を舞台にしたら面白いなぁ、と私は思います。そういえば日大アメフト部のチーム名は、「フェニックス」。選手達が自分で考えて言葉を口にすることができるようになった時、彼等は不死鳥のように蘇《よみがえ》るのかもしれません。

〈追記〉二〇一八年、対関西学院大の試合で発生した、日大アメフト部の悪質タックル事件。監督、コーチ等の交代、シーズン中の試合中止の後、部は活動を再開した。

脂肪分の摂取法

家のお墓が新大久保にあるので、韓流ファンではないのに、韓流ファンの動向を定点観測している私。昨今は、チーズタッカルビの店の行列が絶えません。

肉と野菜を甘辛い味付けで炒《いた》め、たっぷりの溶かしたチーズを絡めて食べるというこの料理。韓国風のチーズ・フォンデュといったところでしょう。

美味しそうだったので家で作ってみたのですが、使用するチーズの量が、ちょっと腰が引けるほどのたっぷりさ。甘辛さをチーズのまろやかさが包み込んで確かに美味しいのですが、その脂肪分といい塩分といい、大人には危険な味わいです。

チーズタッカルビもそうですが、昨今「とにかくチーズを投入」という料理が流行っている気がします。ネットのレシピ動画においても、何でもかんでもチーズを入れてトロ〜ッとさせている。

ネットのレシピ動画は、主に若い人が見るからこそそのチーズの多用ではあるのだと思います。チーズは手軽に、コクやボリューム感を演出することができる素材。しかしあまりのチーズ登場頻度に、「入れりゃいいってもんじゃないだろうよ」という気分になってきます。

レシピ動画では、大葉もまた多用されています。特に和風の料理には投入されがちなのですが、これもまたチーズと同じ理屈なのだと思う。

和風の料理であればたいていのものに合う、大葉。大葉によって爽やかな香りがプラスされ、箸《はし》が進むおかずとなる上に、一工夫感も演出してくれる。

つまりチーズも大葉も、「何にでも合う」、そして「何でも美味しくする」という意味では、共通した食材なのでした。チーズは油っぽさを、大葉は爽やかさをプラスということで反対の作用を持ちますが、素人にも手軽に美味しさを出すことができるということで、ネットでは二つの食材の頻用が目立つのだと思う。

中には、豚肉でチーズと大葉を巻いて焼く、といった節操の無い料理のレシピ動画もありました。二十代の女性のところにボーイフレンドが遊びに来た時に作ってあげる、といったイメージの料理なのだと思う。

そんな動画を見ていると、

「ワシはチーズなんて臭くて食べられん！」

などと言うお年寄りがかつてはいたのが嘘のよう。今はお年寄りも、とろ〜りチーズがかかったハンバーグにかぶりついているのですから。

何にでもチーズを入れればいいってもんじゃなかろうよ、と思いつつも、私もその手の節操の無いチーズの使い方が嫌いではありません。家には細切りチーズを常備して、トーストに、スープに、カレーに、磯辺巻きに……と振りかけております。たこ焼きに入れてみても、美味しかった。

そこでふと思ったのは、「和の食材においても、これと似た存在感のものがあるな」ということ。手軽に油っぽさを演出できる食材といったらそう、揚げ玉すなわち天かすです。

蕎麦屋《そばや》さんのレジ横に「ご自由にお持ちください」などと天かすが置いてあると、必ず持ってくる私。子供の頃からたぬきうどん（東京におけるたぬきうどんとは、うどんに天かすがトッピングされたもの）が好きで、今も無性に食べたくなることがあるのです。

天かすとは、天婦羅《てんぷら》を揚《あ》げる時に油に散った衣のことで、まさに天婦羅のカス。つまりは「水溶きされた小麦粉を揚げたもの」でしかなく、炭水化物と油で構成された、そこはかとなく貧乏臭い食べ物なのです。

しかし麺類に振りかけ、汁でぐちゃっとした天かすと麺を同時に吸《すす》り込んだ時、「ああ、天かすって天婦羅より好きかも」と、私は思う。天かすさえあれば、海老とかいらないわ、と。

天かすは、麺類においてのみ活躍するわけではありません。だしで煮た豆腐に天かすをかければ、揚げずにして揚げだし豆腐の味わいが。

そういえば友人は、

「天かすのおにぎりって、美味しいわよ。めんつゆで味付けして、ご飯に混ぜて握るだけ」

と言っていました。ご飯と小麦粉と油と塩分の集合体、それはエビの無い天むすと言うこともできましょう。

冷凍庫にいつも天かすを常備している私は、その小袋を見る度に、日本人の健気《けなげ》さを感じます。昔の日本人は、脂肪分をそうそう口にすることができなかった。その代わりとして、何ら栄養分は無いけれど油の風味をもたらしてくれる天かすを、捨てずに愛用していたのではないか、と。

今となっては日本人も、コク出しのために何にでもチーズをじゃぶじゃぶと投入できるようになりました。でも、天かすにしか出すことができない味わいって、あるよね……。

と思いつつ、先日浅草で入ったもんじゃ焼き屋さんで私がつい頼んでしまったのは、「明太もちチーズもんじゃ」。明太子の辛味とチーズのコクが、炭水化物の餅と共にダンスを踊るような、それはゲスい美味しさです。

チーズであれ天かすであれ、脂肪分に対して未だに妙な高揚感を覚えてしまうのは、我々が基本的に草食の民だからなのか。何にでもチーズを投入という今時の傾向は、野菜とか豆ばかり食べていたご先祖様達の、世代を超えたリベンジ行為なのかもしれません。

〈追記〉その後、さるコンビニにおいて天かすのおにぎりが大ヒット商品に。天かす好きは、私だけではなかったらしい。

子育てパパとムームーおじさん

久しぶりに、福島県いわき市の、スパリゾートハワイアンズ（以下、ハワイアンズ）に行ってきました。思い起こせば初めてハワイアンズに行ったのは、東日本大震災前。映画『フラガール』に感動して、「行かねば」と思い立ったのです。

その後、ハワイアンズは震災で大きな被害を受けました。二〇一一年三月十一日の地震のみならず、その一ヵ月後に発生した、いわきを震源地とした直下型地震で、大型プールがある施設や、フラガールのショーを行う舞台が、使えなくなってしまったのです。

同年十月に営業再開した後にもうかがったのですが、その時はまだ、フラガールのショーは仮設の舞台において行われていました。が、それから行く度に、ハワイアンズは進化。今回は、ものすごく巨大なウォータースライダーが完成していたり、フラガールの顔ぶれもだいぶ変わっていたりと、新鮮味が増していました。

今回は、友人知人達とバスを一台借り切っての団体旅行です。チビッ子達も何人か参加したのですが、バス貸し切りですから、鉄道の旅とは違って、どんなに騒いでもママ達は安心。

が、ここで「ママ」に限定するのは、現代の時世には合わないのでした。バスの中には、ママが仕事で来られないということで、〝パパと幼児〟という組も参加していたのです。

「オレと二人だけでお泊まりするのは初めてなんだよ。まだママの不在には気づいてないみたいなんだけど、大丈夫かな……」

と、パパは心配しています。

が、その心配は杞憂《きゆう》でした。なにせ団体の旅なので、周囲も何かとヘルプするし、チビッ子仲間もいて、子供もママの不在を深刻に捉えていない様子。

そして何より、パパは本当に一生懸命に子供の面倒を見ていたのです。子供が寂しくならないようにと、愛情深く見守っていたし、ケアも細やか。

萩生田《はぎうだ》光一《こういち》議員の、

「赤ちゃんはママがいいに決まっている」

「男も育児といっても、子供にとっては迷惑」

といった発言が騒がれていますが、子供を見ていても、迷惑そうな様子は見えませんでした。むしろ、体力があるパパとずっと一緒にプールで遊ぶことができて、とても楽しそうだったのです。

男の育児ならではの苦労は、あることでしょう。ハワイアンズでそのパパは、

「おむつ替えができる男子トイレが無いっ！」

と、焦っていました。まだ世間では、育児をする男性の存在は、認識されていないようです。チビッ子連れが多いハワイアンズのような施設で、男性が育児をしやすい環境は、今後さらに求められていくことでしょう。

プールで激しく遊んでいる父子からふと私が視線を移すと、華やかなムームー姿の人がプールサイドを歩いていました。ハワイアンズに着くと、女性は皆お揃いのムームーに着替えるのですが、それとは違う素敵な衣装です。

「あら」と思ってよく見てみると、その人は男性、それも割と高齢の方でした。その後、夜のショーの時は違うムームー姿でしたし、翌日はまた違うものにお召し替え。ハワイっぽい女装が好きな男性、ということなのでしょう。

話しかけこそしませんでしたが、彼は私達の中で、すっかり人気者と化しました。

「あの人、また違う衣装着てる！」

「可愛い！」

などと。

テーマパークは、仮装の楽園です。ディズニーランドなどでも、一歩中に入ってしまえば、私達は恥ずかしげもなくキャラクターの被《かぶ》り物を装着することができる。ハワイアンズでも、私は真っ赤なハイビスカスの特大髪飾りを買って、ずっと頭に装着しておりました。

そんなテーマパークの中で、ムームーおじさんはとても幸せそうだったのです。普段は真面目な家庭人であり職業人なのかもしれないけれど、ハワイアンズでは素敵なムームー姿で、園内を存分に歩き回ることができるのですから。

常夏の楽園・ハワイアンズでソフトクリームなど舐めながら、私は男と女の境界線がどんどん溶解していく今、というものを感じておりました。萩生田議員のような保守系の考え方を持つ人は、そのような現状に危機感を抱いて、「男の子育ては子供にとって迷惑」といった発言をされたのでしょう。

昨今、様々な場で女装の男性を見る気がします。その度に思うのは、性別に縛られる苦悩は、女性よりも男性の方が大きいのかも、ということ。

女は服装においても、スカートでもズボンでも自由。肌の露出も、許容されます。

対して多くの男性は、スカートをはいたり、ギリギリのショートパンツで肌見せをする楽しさを、知りません。女がズボンをはきたいのと同様、男もスカートをはきたいのかも。

そして男の職場に女が進出するのは当たり前でも、子育てをはじめとして、女の現場に男が入る時のハードルの方が、実は高いのかもしれません。男性達はもっと、女性の世界に入ってみたいのかもしれないのに……。

旅が終わって、パパと共に参加したチビッ子は、満面の笑みで帰っていきました。パパはさすがにお疲れ気味ではありましたが、きっと来年には、男性用トイレにおむつ替え台が設置されているに違いありません。ま、その時はもう、おむつは必要なくなっているでしょうけれど。

三陸ぶらり一人旅

岩手で仕事があったので、「せっかくここまで来たし」と、終了後、三陸に一人でぶらり旅をすることにしました。

遠野《とおの》で仕事を終えた私は、釜石線《かまいし》で釜石まで行って、宿泊しました。駅の目の前には、もくもくと煙をあげる、新日鐵住金の製鉄所が。駅には、ラグビー関連のモニュメントなどもあります。

そう、ここは鉄とラグビーの町。二〇一九年のラグビーワールドカップにおいても、近くの鵜住居《うのすまい》で試合が開催されることになっています。

食事をしようと繁華街の方まで歩くと、鉄とラグビーの町のせいか、男性ばかりいる印象が。お店を覗いてみても、何だか男子校みたい。勇気を出して中華屋さんに入り、釜石ラーメンと餃子を食べてみたのですが、運んできてくれたお兄さんは、ラガーマン以外の何ものでもなかろう、という感じのガッチリした体格でした。

そんな町のあちこちに掲げられているのは、東日本大震災の時に津波がこの高さまで来た、ということを示すプレートです。駅近辺は腰より下の位置でしたが、繁華街の辺りは、私の身長だと足がつくかどうか、といった水位。

これは、人々が震災のことを忘れないようにするためのプレートなのでしょう。私も一人、「もしも今、津波が来たら……」と、周囲の高い建物などを確認しながら歩いていた。

翌日は宮古《みやこ》へと向かったのですが、かつては釜石と宮古を結んでいたJR山田線の沿岸部は、震災後、止まったままになっています。バスに乗車し、鵜住居、大槌《おおつち》、吉里吉里《きりきり》……と進むにつれ、進行方向の右側、すなわち海側に見えてくるのは、堤防に次ぐ堤防。仮設住宅や仮設商店もまだありますし、新しく整えられた住宅地には、真新しい家が、ぽつりぽつりと建っている感じです。

道路には、「過去の津波浸水区間　ここから」とか「ここまで」といった表示が、掲出されていました。震災から七年が経った今、「震災のことを忘れないようにしよう」という呼びかけがしばしばなされています。が、三陸沿岸において震災は、忘れようにも忘れられるはずがない、日々を覆う現実なのです。

希望に満ちた風景も、バスの車窓からは見ることができました。津波で被害を受けたJR山田線の沿岸部の線路でしたが、今やすっかりバラストも枕木も整えられており、新しくなった駅の姿も。山田線の釜石・宮古間は三陸鉄道(以下三鉄)へと移管されることになっており、今は着々とその準備が整えられているところだったのです。

宮古に到着し、私は知り合いの三鉄マンを訪ねました。

「いよいよ、来年(二〇一九年)の三月二十三日に開通ですよ」

と、彼も弾んだ顔。『あまちゃん』の舞台となってすっかり有名になった三鉄ですが、今までは北リアス線と南リアス線が山田線区間によって分断されていたのが、山田線が三鉄に移管されることによって、北は久慈《くじ》から南は盛《さかり》まで、岩手県の沿岸部百六十三キロがつながるのです。

「乗らねば……」

と、私も興奮してきました。

震災後、いち早く復旧し、直後は無料で乗客を運んだ三鉄のストーリーは、様々なメディアで取り上げられました。『あまちゃん』放送時は、三鉄ブームのようになったもの。

しかしやはり、それから乗客は減っているのだそう。様々な努力はなされていますが、沿線住人の減少や、北陸新幹線開業によるブームのあおりも、影響していそうです。

三鉄マンと別れ、私は久しぶりに北リアス線に乗車しました。午後一時台の列車には電車通学の学生もおらず、確かに空いています。途中で、団体旅行の人達が乗ってきて、やっと賑やかになった感じ。

今は当たり前のように久慈まで通じている三鉄ですが、震災の翌々月に乗りに来た時、線路は津波によって途切れていました。田老《たろう》駅からの景色は、見渡す限り、瓦礫《がれき》で埋め尽くされていたのです。

その後、少しずつ運転復旧の区間が増え、今は列車からのんびりと、美しい海を眺めることができるようになっています。津波の力は強大だけれど、人々は着々と、それに抗《あらが》う策を立ててきたのです。

三陸に限らず、日本の地方においては今、鉄道よりも自動車の方が幅をきかせています。鉄道に乗るのは、運転できない／しない、若者やお年寄り、旅人といったところ。

しかし高齢者の運転が問題になっている今、列車の必要性は増してきましょう。のみならず列車は、人以外のものも運んでいるように、私は思います。それは過去の記憶であったり、人の思いであったり、安心感であったり。一人旅でも寂しくないのは、そんなものを詰め込んだ列車に乗っていると、大きな存在に守られているような気がするからなのです。

終着駅の久慈は、今も『あまちゃん』の町です。あちこちに『あまちゃん』のポスターが貼ってあるのですが、さすがにそれらも色あせてきました。

あのドラマの頃は「能年玲奈《のうねんれな》」だった女優さんも、今は「のん」。三陸の風景のみならず、あらゆるものが変わっていく世の中で、ガタンゴトンと列車が線路を走る音は、変わらずに響いていたのでした。

〈追記〉二〇一九年一〇月の台風によって、三鉄はまたも甚大な被害を受け、運行を休止した。翌年三月までには全線で運行再開したが、その頃から新型コロナウイルスによって客足が激減。「乗って応援」できる日の到来が待たれる。

「ババア」ができる人

是枝裕和《これえだひろかず》監督の『万引き家族』を観ました。素晴らしい映画である、ということについてはカンヌ映画祭が既にお墨付きを与えているので言及しないとして、私が思ったのは、「嗚呼、樹木希林《ききききりん》」ということです。

おじいさん・おばあさんものの映画をよく観るのですが、熊谷守一《くまがいもりかず》を描いた『モリのいる場所』でも、熊谷の妻役が樹木希林さん。高齢の建築家・津端修一《つばたしゅういち》夫妻を追ったドキュメンタリー『人生フルーツ』でも、ナレーションは樹木希林さん。そういえば『あん』にも樹木希林さんが……。日本でおばあさん役ができるのは樹木希林さんしかいないのか、という気がしてくるわけですが、おそらくは本当にいないのだと思う。

きれいなおばあさんを演じることができる女優さんは、たくさんいるのでしょう。若い頃からきれいで今もきれいにしている、という人は、テレビドラマ『やすらぎの郷』にもたくさん出ていた。

しかし、経済的に恵まれていてきれいなおばあさんという役どころは、そうたくさんはありません。常に一つくらいしかないその椅子は、八千草薫《やちぐさかおる》さんがお元気なうちは、なかなか空かないのではないか。

『万引き家族』では、おばあさん役の樹木希林さんのことを、皆が陰で「ババア」と呼んでいました。ずるいところもあれば、情けも深い、そのババア。そして家族は、ババアの年金を当てにして、生きているのです。

その見事なババアっぷりを眺めつつ私は、「日本の映画界に足りないのは、おばあさんではない。『ババア』だ」と思っておりました。「おばあちゃま」とか「バアバ」を演じる女優はいても、「ババア」ができる人は少ない、というか樹木希林しかいない。「バアバ」と「ババア」は似ていても、その差は大きいのです。

女優の世界のみならず、世間にもババアは少なくなりました。三世代同居の家族が多かった昔は、母親や祖母のことを「クソババア」「因業《いんごう》ババア」呼ばわりする家族がいたもの。私も子供の頃は祖母と同居していましたが、思春期になってカリカリしていた兄は、母親のことも祖母のこともよく「クソババア」と言っていましたっけ。

あの頃の若者には「クソババア期」が必ずあって、それが大人になるための通過儀礼でもあったのです。

しかし核家族化が進むと、ババアのクソっぷり、因業っぷりは、他の世代の視線からは隠蔽《いんぺい》されるように。また若者も妙に良い子になって「クソババア期」はスルーされるように。彼らは人前であっても、

「うちのお母さんは」

「うちのババアは」

などと、優しく言うのです。

高齢女性達自身も、気を遣っています。高齢化社会が進む中、高齢者は「いつまでも若くあらねば」「若者に嫌われたくない」という強迫観念を持っているのであって、必死にババア化を避けているのでした。

「ババア」という言い方は、「おばあちゃん」ではあまりに年寄りっぽいということで、流行ったものでしょう。そういえば我が母は、「ババア」と言われることすら嫌だったらしく、孫に自分のことを名前で呼ばせていましたっけ。

今や「年をとる」とも言ってはいけないらしく、その代わりに「年を重ねる」という言い方が幅を利かせています。高齢化が進めば進むほど、「年をとるのは可哀想なこと」という意識は強まるのだけれど、その意識は言葉の言い換えによって隠されて

いるのです。

そんな世の中でも、「ババア」はひっそりと、そして確実に、存在し続けています。少なくとも映画やドラマの世界においては、長い人生の中で世界の底に触れ、人間の暗闇を知るような「ババア」が求められているのであり、それを演じることができるのが、樹木希林さんしかいないのだと思う。

これからさらに、日本の高齢化は進んでいきます。そうなった時、「ババア」を演じることができる女優さんは今以上に求められるでしょうが、樹木希林さんがいつまでもお元気なわけではない。今後の女優陣の奮起が求められるところです。

出版界においては、既に何人もの「ババア」が、第一線で活躍されています。大先輩をババア呼ばわりして大変に申し訳ないのですが、瀬戸内寂聴さんや佐藤愛子さんなどの本は、きれいでお洒落な老後生活をアピールするのでなく、その内なるババア性をさらけ出しておられるところが人気。お二人とも既に九十代ですが、百歳代で本を出される女性もたくさんいる昨今、書店の長老本コーナーを見れば、八十代ではまだ若すぎて、ババア面《づら》ができない感じです。

本の世界においては、ババア畑は既に十分、耕されています。強力な大先輩方が通り過ぎていったならば、その畑にはもうペンペン草も生えないのではないか、と思われるほど。
本の世界と映画の世界、多少のタイムラグはありますが、生々しい「ババア」は、今後も求められていくことでしょう。が、自分がババアになった時、ババアバブルは既に弾けている予感が濃厚。ババアの過当競争となっているであろう世の中で、どのようにしたら独自なババア性を出すことができるのか。樹木希林さんのお姿を眺めながら、私はつらつらと考えていたのでした。

〈追記〉樹木希林は二〇一八年九月に死去。日本映画界は、ババアの不在という大問題を、どう解決するのだろうか。そして二〇一九年一〇月には八千草薫も死去。空席となったその椅子には、誰が座ることになるのか？

「暗闇ジム」に行ってみた

ワールドカップサッカー関連の番組を見ていると、「そういえば、こういう人いたわー」と思わされるサッカー界のOB達が、解説で登場します。が、中には「え？」と思うほど、外見が変わってしまった人もいるもの。

ぽっちゃり型も存在する野球選手と比べ、現役サッカー選手にぽっちゃり型はいません。ですから元サッカー選手が中年となり、顔の輪郭や腹まわりのサイズ感に経年変化が見られると、余計に「誰これ？」感が強まるのだと思う。

そんなサッカー界のOB達を眺めつつ、私の中でムラムラと沸き立ってきたのは、「身体を鍛《きた》えねば」という思いでした。各国の選手達のキレのある動きを見て「素晴らしい」と思ったせいもありますが、それよりも解説者の身体のダルッとした質感に、焦燥感を覚えたのです。

そんな時に耳に入ったのは、とある友人が暗闇トランポリンで五キロ痩《や》せた、との話。

「インナーマッスルも鍛えられて、いいわよ」

という話に、

「なぬっ？」

と色めき立ち、早速体験レッスンを受けることにしました。

ここしばらく流行している、暗闇フィットネス。暗闇の中でバイクマシンを漕《こ》いだり、ヨガをしたり、サンドバッグを叩いたりと、色々な種類がある模様です。

なぜ運動するのに暗闇なのか、と思う方もいるでしょうが、人々が暗闇を欲する気持ち、私にはよくわかります。スポーツジムなどに行くと周囲の視線が気になることがしばしばありますが、暗闇ならば自分の肉体のたるみも、もっさりとした動きも、気にせず運動することができるのではないか。

……と、期待をしつつ向かった暗闇ジム。そこには一人用の小さいトランポリンが、ずらりと並んでいました。女性専用ではないものの、やってきたのは九割方が女性です。

インストラクターの女性の指示通りにトランポリンを跳ぶのですが、これが予想をはるかに上回るキッさ。みるみるうちに汗だくになってきました。

速いテンポの音楽に合わせて、色々なステップでトランポリンを跳び続けるのですが、大音量&暗闇という状況に加えて、インストラクターのお姉さんによるDJばりのあおりによって、そこはクラブのような空間に。我々世代にとってはディスコと言った方がいいのかもしれませんが、佳境になるとミラーボールも回りはじめ、インストラクターさんも腹の底から絞り出すような声で、

「ユー・キャン・ドゥー・イーッ!!」

などと絶叫。すると参加者も、

「イエーッ!」

と呼応するという、コール&レスポンスぶりです。

スポーツジムのスタジオにおいては、古くはエアロビクスなどのクラスから、このコール&レスポンスはなされていました。私もかつて、その手のクラスに行ったことがありますが、しかし「イエーッ!」などと声を出すことは、どうにも恥ずかしくてできませんでした。声出しは、スタジオの前方に陣取る常連さんに任せていたものです。

が、暗闇だと何となく、声も出せてしまうのでした。それは周囲の人も同じらしく、次第に一体感のようなものすら醸成されて、トランス状態に。

暗闇、いいかも……。と、私は汗とアドレナリンを噴出させながら、思っておりました。見える世界に生きる者は、「見える」ことによって縛られている部分がある。「見えない」ことによって、何かが解放されるではありませんか。

東京で生きていると、真の闇に身を置くことは、ほぼありません。街はいつまでも明るいし、夜道を歩いても常に街灯が照らしてくれる。

私も、真の闇を体験したことは、今まで数回しかありません。たとえば、長野は善光寺でお戒壇《かいだん》巡りをした時。壁を手でつたいながらそろそろ歩いた時の不安と、「極楽の錠前」というものに触れた時の喜びは格別だった。

また、とある孤島で夜に散歩をした時は、天には月も星も無く、地には街灯も無かった。どこが道なのかもわからずに歩いていると、まるで宇宙空間を浮遊しているような気分に……。

見える世界と見えない世界では、価値観も変わってきます。闇の中では容姿などは問題にならないのに対して、声の質感や手触りが重要になりましょう。

そういえば『枕草子』には「夜まさり」という単語が出てくるのですが、それは明るい昼間は今ひとつだけれど、夜になるとグッと魅力が増すもの、という意味。着物の色の良し悪しも女の魅力も、昼と夜では違ってくるのだ、と。「ブサイクでも気配の良い人」は夜まさりする、とありましたっけ……。

電灯の無い時代、暗闇ならではのハプニングは、あちこちで見られたのでしょう。平安貴族の性意識はかなり奔放ですが、暗闇の中であったからこそ「つい、しちゃった」みたいなことが多々あったのではないか。

その昔は、ディスコやクラブといった暗闇において、ハメだのタガだのを外していた私ですが、今は暗闇ジムにおいて何を外そうと、もしくは何から外れようとしているのか。久しぶりの暗闇効果に心身ともに刺激を受け、つい次回のレッスンも予約してしまったのでした。

「ＬＧＢＴ」感覚の世代間格差

お茶の水女子大学は二〇二〇年から、性自認が女性であれば男子学生も受け入れるようになるのだそう。そんな中、会社員の友人達から、ＬＧＢＴ関連の話を聞くことが、多くなってきました。

「中途採用で入ってきた人が、トランスジェンダーだった」

とか、

「新入社員にゲイの男子がいる」

などと。

マスコミ等の軟らかめの業界においては、前からカミングアウトしている人もいました。が、昨今は硬めの企業においても、その手の話題が出てきます。

友人が勤めるある企業でも、新しくトランスジェンダーの社員が入ってきたとのこと。その人は、元々の性は男性なのだけれど、性自認は女性で、見た目は女性。しかし手術等はしていない、ということらしい。

「彼、と言っていいのか彼女と言っていいのかわからないんだけど、とにかくその人が使用するトイレや更衣室をどうするかが今、悩ましいのよ」

と、友人は言います。

本人は、女性用の施設を使用したいという希望を持っているのだそう。しかし女性社員の中には、意識は女性でも身体は男性という人と同じ更衣室で着替えたくない人もいましょう。

その人の性的指向も、考慮に入れなくてはいけないところです。元々の性と性自認以外にも、性愛の部分で男性が好きなのか女性が好きなのかは分かれるし、その人が自身の性的指向を会社でオープンにしたいかどうかもまた、別問題。

男性も女性も、はたまたその間くらいの人も、誰もが使うことができるトイレや更衣室を用意する企業も、あるそうです。が、小規模な企業では、そうもできない事情もありましょう。

ミレニアムの頃にNHKで放送されていた『アリー my Love』というアメリカのドラマでは、主人公が働く法律事務所において、トイレが完全に男女共用でした。そのシチュエーションがさらなる物語を生んだりしたのですが、性の境界線が曖味になってきた今、その手もあるのかも……？

一方、高校生の娘を持つ友人は、

「娘がネットで知り合った他県の女子高生と仲良くなって、一緒に旅行とかにも行っているのだけれど、どうやら単なる友達ではなくて恋愛の相手みたいなのよ。女の子同士だと思って安心していたのだけれど……」

と、悩ましそうにしていました。その昔は、男の子と遊びに行く時、親に「女友達と一緒に行く」などと嘘をついたものでしたが、今時の親御さんは、心配が及ぶ幅が増えた模様。

とはいえそれは、昔から同じだったのかもしれません。ヘテロセクシャルであり、生まれた時の性に違和感を抱くことも無かった私は、その手の問題に鈍感に生きてきました。女子校時代は女の先輩に憧れもしましたが、共学の大学に入ったら、そんな気持ちは霧散したもの。

しかしその頃も、同性しか好きにならない人や、自分の性に違和感を抱く人は、確実にいたことでしょう。ＬＧＢＴに対して理解が進んでいない時代において、彼等・彼女等は周囲にそのことを言えなかった。ヘテロセクシャルの世界は案外狭く、自分はその狭い世界の中でのみ生きていたのね、という気がいたします。

勝間《かつま》和代《かずよ》さんが同性と交際しているということをオープンにされましたが、そのニュースを聞いた女性達は、案外平然と受け止めていたものです。

「私も昔、うちに泊まりに来た女性にキスされて胸を揉《も》まれたりしたけど、一瞬『この世界もアリかな』と思った。妊娠の心配も無いし」

とか、

「セックスレス時代の今、もはや男性にあまり期待はできないわけで、対象を女性にも広げた方がいいのかもね」

などと。

性というものが男と女にパッキリと二分できるものではないとなったら、セクハラの概念も変わりそうです。男が女にするのがセクハラ、という感覚が今までは一般的でしたが、もちろん女が男にすることもありますし、男同士、女同士のそれも、目立たないかもしれないけれど、発生しているのではないか。

とある企業において、セクハラ駆け込み寺的な役割を担っている知人も、

「男から女へのセクハラ概念の線引きだけでも難しいのに、逆バージョンとか同性バージョンとか出てきたら私、どうしよう。部下から上司へのセクハラだって、あり得そうだし」

と、頭を悩ませている模様です。

ネットで知り合った女子高生と交際しているらしい、前出の友達の娘は、「人を好きになるのに、男も女も無い」という意見なのだそう。彼女の友人達もまた、「誰を好きになっても、いいんじゃない？」と、見守っているとのこと。

性の問題について、若者達は我々よりもグッと、フラットな感覚を持っているようです。性自認が女性の男子が女子大に入学するようになれば、その傾向はますます進むに違いない。私達の世代が、祖父母の世代の男尊女卑感覚に違和感を抱いたように、大人達がLGBT的話題にいちいち驚くのを見て、若い人達は「？」と思っているのでしょう。

「ソフレ」と添《そ》い寝《ね》

二十代の独身女性達と話していた時のこと。

「その男の子は私のソフレみたいな感じで……」

などという話を聞いて、

「ソフレ？　セフレじゃないの？」

と問えば、

「セフレとは違いますよ。『添い寝フレンド』のことをソフレって言うんです」

とのこと。

「添い寝」と聞いて、私は子育てとか介護の中での行為なのかと一瞬思ったのですが、もちろんそんなはずはない。

「飲んだ後とかに男の子の家に泊まって、一緒のベッドに寝ても特に何も起こらないっていう、そういう感じの友達がソフレ」

とのこと。

今の若者は、男女が一緒に寝ても何もしないとか、男女で旅行に行っても清い身のまま帰ってくる、といった話を聞いたことがあります。それは嘘ではなかったらしく、その手の関係性のことを「ソフレ」と言う模様。

私達の青春時代、飲んだ後に女の子が男の子の家に一人で行ったならば、それはほぼ「してもいいです」ということでした。男子の方も当然、「させていただきます」と、捉えていたと思う。その女の子が特に好みでなかったとしても、そこは据え膳ということで、有り難くいただくのが、当時の男性の態度だったのではないか。

対して今の若い男性は、目の前に膳が据えられても、そこに載っているのが好みの食べ物でない場合は、箸を伸ばさないのです。女性の側も、「膳を据えた」という感覚はなく、男子の家に平然と泊まって帰ってくる、と。

それはほとんど、民泊的な行為です。終電がなくなったら、ソフレの家に行って無料民泊をすれば、タクシー代もかかりません。

終電を逃したら、高いタクシー代を払うか、誰かの家に泊まって何となく「しちゃう」か、という選択肢しかなかった時代と比べると健全なのかもね、と思った私。しかしソフレ関係が当たり前に存在するならば、世のスキャンダル報道にも変化が見られはしまいか。

従来は、たとえば深夜、男性芸能人の家に女性芸能人が訪れて朝まで時を過ごしたことが発覚すると、それは「した」ということでした。いくら当人達が、

「朝までお芝居についての悩み事を相談していました」

とか、

「ゲームをしていました」

と言い張ったとて、それが嘘であることは皆がわかっていた。世の人々は、「男女が一つの部屋で朝まで過ごしたなら、する事は一つしかないだろう」と思っていたのです。

しかし今は、

「いや、僕達ソフレなんで」

と言えば、話は終わります。

「もちろん一つのベッドで寝ましたけど、特に何もしていませんよ。ソフレだから」

という話は、言い訳でも嘘でもなく、おそらくは真実。

二十代女子にさらに話を聞くと、男女間「フレンド」の種類は、ソフレやセフレだけではないらしいのです。

「キスはするけどその先はしない、みたいなキスフレとかもいますしね。色々と細分化されているかも」

とのことで、ここでまた「えっ、キスする相手なんて『した』も同然なんじゃないの?」と、こちらは驚く、と。

それを草食化と言うのかどうかはわかりませんが、とにかく今の若者達は、考え無しに性欲を全方向に放出するようなことは、ないらしいのです。相手によって、器用に蛇口の開閉をしている模様。

「だから、ソフレであれ何であれ、『フレンド』と付く相手は、真剣な交際相手にはなり得ないわけですよ。添い寝であれセックスであれ、あくまでフレンドとしての行為」

ということなのだそう。昔、「男女間の友情は成立するのか」という議論がありましたが、今の若者の間には、同衾《どうきん》しようとセックスはしない、という確固たる友情が存在するのです。

そんな話を聞いて「ほえー」となった後、昭和を代表するような性豪男性に会う機会があったので、その感動を伝えてみました。すると案の定、

「一緒に寝ても何もしないだなんて、意味がわからない。同じ寝床に女性が入ってき

たならば、たとえ好みでなくとも何かするのが、男としての礼儀ってものじゃないのか」

と、彼はほとんど武士のような義憤に駆られておりました。

「でも、もしあなたの家に若い女性が深夜、『泊めて』とか言って来ても、それは『してもいいです』っていう意味じゃないのよ。彼女は単に、民泊場所を求めているだけの可能性が大なんだから、注意しなね」

と、私は物知り顔でアドバイス。

前回の本欄では、「年頃の娘が同性同士で旅行に出かけても、安心とは限らない」と書きました。しかし同時に、異性と二人で旅行に出かけても、必ずしも不安になる必要は無い、とも言えそうです。

危険はどこに転がっているかわかりませんが、安全もまた、意外なところにあるのかも。夏は恋の季節と言うけれど、真夏の寝苦しい夜も、彼等は淡々と、ソフレと添い寝をしているのでしょう。

酷暑のインスタ映《ば》えスイーツ

前世は南方の生まれなのか、暑いのが好きで、非常に体調が良いこの夏。とはいえやはり暑さのレベルが例年とは違うことは感じており、この夏は〝猛暑消費〟が、かさんでおります。

去年まで着ていた夏物では暑い気がして、躊躇《ちゅうちょ》なく洗濯することができるTシャツ類を、ついつい買ってしまう。食べものにしても、冷たくて甘いものがどうしても欲しくなってきます。

先日は、銀座の老舗《しにせ》Sパーラーにおいて、パフェを食べました。お店には行列ができており、そのかなりの割合を、インバウンドさん達が占めている。彼等も日本の暑さに参って、冷たいものを欲しているのでしょう。

さらに最近は、外国の人達に日本の果物が人気なのだそうです。丁寧に育てられた日本の果物は、甘くて美しい工芸品のよう。季節の果物のパフェも、今や観光資源となっています。

またある日は、食事会があった後に、「夜パフェ」の店へ。札幌では、飲んだ後のシメとしてパフェを食べるという文化があるのだそうですが、札幌の夜パフェ屋さんの支店が、東京にもあるというので、行ってみたのです。

飲んだ後のシメですから、そのお店も飲み屋街の只中に位置していました。キャバクラやガールズバーが入るビルの中に、深夜まで開いている&お酒を飲むこともできるパフェ屋さんがあるのです。

お店は、満席でした。少し待って入ると、パフェ屋さんだけあって、メニューには凝《こ》ったパフェが色々と。

若者達は、キャーキャー言いながら、一人一パフェの態勢で臨んでいますが、私は深夜に一つパフェを平らげることなど、もう無理。ピスタチオとアメリカンチェリーのパフェを一つオーダーして三人でつついたのですが、深夜のパフェという背徳感がなかなかオツなものでした。

そしてある日は、下町に用事があったついでに、その辺りに詳しい友人とかき氷を食べることに。最大で六時間も待つことがあるというかき氷の名店が、ツイッター情報によれば、その日は奇跡的に空《す》いているとのこと。行ってみると行列はできている

のですが、友人によると、

「こんなの、ガラガラと言っていい！　いつもは早朝から整理券を配っているんだから」

ということではありませんか。一〇分ほど並んだだけで入ることができたのは、

「僥倖《ぎょうこう》」以外の何物でもないのだそう。

お店の人達は、客の差配とかき氷作りで、鬼気迫る様子でした。客もぎゅうぎゅうに詰め込まれ、さながらかき氷の蟹工船状態だったのですが、確かにかき氷は美味しかった。

パフェでもかき氷でも、どこへ行っても満席とか行列という状態の、この夏。否、それはこの夏に限ったことではありません。数年前からかき氷ブームは続いていて、ちょっと評判の店では行列必至。炎天下、外で待たなくてはならなかったりするため、今やかき氷は、身体の丈夫な若者しか食べられないものとなりました。

なぜこのような状況になったかといえば、夏がどんどん暑くなっているということがまず一つありましょう。冷たいものでも食べないと、やってられないのです。

そしてもう一つ、パフェでもかき氷でも、冷たくて甘いものというのは、カラフルであったりボリュームがあったりと、往々にしてフォトジェニック。つまりはＳＮＳ

において非常に映えるのです。かき氷屋さんに並んでいる人達は、パンケーキ屋さんに並ぶ人達とほぼ同じ、インスタ好き層なのではないか。

Sパーラーでも、夜パフェ屋さんでも、下町のかき氷屋さんでも、お客さん達は、自分が頼んだものを必ず、写真に収めていました。SNSに手を染めていない私すら、その存在感が可愛かったり、タテ方向に屹立《きつりつ》する様が立派だったりで、思わず写真に撮ってしまった。

その手の行為に慣れている若者達は、パフェやかき氷を前に、スプーンを持ってポーズをとったり、かぶりつくような表情をしてみたりと、てらいなく撮影を行っていました。対して私やその友人は、その手の行為に慣れていません。

「一応、撮っておこっか」

とスマホを構えるのですが、パフェと共に写る友がしっかりと目を閉じていたりして、インスタ映えしないことこの上ないのです。ま、インスタしてないけど。

かき氷屋さんでは、やはり色のきれいな苺《いちご》やマンゴーといった味が人気でした。私はインスタのことなど全く考えず、シブく梅をオーダーしたのですが、案の定こちらはシロップの色が薄くて、全くフォトジェニックではありません。ま、美味しかったけど。

そうこうしているうちに、今度は韓流ファンの友達から、

「新大久保でパッピンス食べない？」

と誘われた私。パッピンスとは何かと思ったら、韓国のかき氷なのだそうで、「めっちゃ美味しい」ということではありませんか。

韓流ファンの人波と猛暑で地獄のようになっていることが予想される、新大久保。でもパッピンス、美味しそうだしなぁ。……と、性懲《しょうこ》りも無く、またまた足を運んでしまいそうな私なのです。

「精子力」も老化する

NHKスペシャルで、『ニッポン〝精子力〟クライシス』という番組を放送していました。この手の番組は好物な私、食後のお茶をすすりながら、眺めておりました。

NHKではお馴染みの好感度アナウンサー、武田真一《たけたしんいち》さんが司会で、ゲストとともに進めていくこの番組。背景に、白い全身タイツ姿の「精子くん」達が、スタジオをうろうろと歩いています。

この、人体の働きを人間で表すというのは、『ガッテン！』でもお馴染みの手法。この番組では日本人の精子力、すなわち「受精して、妊娠を成功させる力」が衰えているということを示したのですが、精子くん達が歩きまわったりグッタリしたりしている様子は、大駱駝艦《だいらくだかん》みたいで面白かった。

それはいいとして、この番組を見て私は、「やっとこの手の番組が」という気持ちを抱いたのです。それというのも、少子化問題が話題になる時、

「もっと頑張れ」

と言われるのは、いつも女性だったから。女性が産むことに積極的でないから子供はどんどん減るのだから、やる気を出してもらわないと困る、という言説ばかりだった。

「産む機械」発言とか「三人以上子供を産め」とか、出産にまつわる政治家の歴代ウッカリ発言を見ても、そこには、

「産まない女には困ったものだ」

という頭がありました。最近話題になった、杉田水脈《すぎたみお》議員の「生産性」発言は、珍しく矛先が女性限定でなくＬＧＢＴとなっていましたが、男性議員の多くは「女が悪い」と思っている。

ＮＨＫでは、二〇一二年にも『産みたいのに産めない　～卵子老化の衝撃～』という番組を放送しています。女性の卵子は男性の精子のように日々作られるものでなく、限られた数しかない。そして年をとる毎に老化して、妊娠しにくくなっていく。

……という内容で、「知らなかった」という声も多かったもの。

おおいに話題になったこの番組ですが、この時も、

「卵子はどんどん老化するというのに、働きたいだの何だのと言って、妊娠の機を逸

する愚かな女」

といった空気が気になっていたのです。妊娠関連の事象の責任は、全て女にあるかのような雰囲気が、そこにはあった。

今回の精子力についての番組は、その手の責任は男にもあるということを明らかにする、珍しい番組となりました。日本人男性の五人に一人は、男性不妊のリスクを持っているとか、精子の質もまた、年をとる毎に悪くなっていくということが、示されていたのです。

番組では、一般の男性達が精子の検査を受け、その数や活発さといった結果を聞いて、喜んだり落ち込んだりしていました。ちなみに、精子力は性欲とは関係が無いのだそうで、性豪であっても精子力が強いわけでは、ないらしい。

ああ、昔はヨメが妊娠しなかったりすると、「石女《うまずめ》」などと言われて実家に帰されたりしていたそうだけれど、そんな夫婦の半分は、男性側の精子の問題であったことでしょう。各地の子宝系の神社に必死にお参りした女性達も、自分の責任ではないのに妊娠できなかった人が多かったのだろうなぁ。

少子化をどうにかするためには、やいのやいのと女性を責めるだけではどうにもならないことに、NHKは気づいたのかもしれません。私もかねて、「女を責めても子は増えないのに」と、思い続けておりました。なぜなら、今の女性達は子を産みたくてしょうがないのに、男性にその気がない、もしくはその力がないために出産できない、というケースばかりだから。

結婚してからでないと子供を持つことが難しい、日本。しかし「結婚したい」「子供が欲しい」といった欲求を女性があらわにすると、ぴゅーっと腰が引けていく男性の、なんと多いことか。

何とか結婚に持ち込んでも、ラブラブ期からセックスレス期までの時間は、どんどん短期化している印象があります。昭和の高度経済成長期の小説など読んでいると、中年夫婦が三日とおかずにセックスしていたりするのに、今や三十代でもそのような夫婦は珍しいのではないか。

そんなわけで女性達は、「産む気はまんまんなのに、原材料が供給されない」という状況にあるのです。精子を原材料扱いするのは失礼かもしれませんが、女性が産む機械だとしたら、男性は原材料。機械だけ動いても原材料が無ければ、「生産性」など期待すべくもない。

結婚したい、子供を産みたい、セックスしたい。そんな素直な欲求を女性が口にすると引かれてしまうというのに、政治家のおじさんからは産め産め言われるのでは、女性もお手上げです。杉田水脈さんにしても、ＬＧＢＴの人達を責めるよりも、日本の男性達に対して発破《はっぱ》をかける方が、うんと効率が良いのではないでしょうか。

もちろん、女性議員が、

「男性はもっと子ダネを活発化させて、女性をどんどん孕《はら》ませるべきです！」

などと言ったらそれも暴言となるのでしょうが、その手の発言が出てきたらやっと、「妊娠は女だけでできるものではない」ということを、世の中の人々にもわかってもらえるのかもしれませんね。

「知らなかった」という罪

巷《ちまた》で話題沸騰中の映画、『カメラを止めるな！』。若い監督の、ほとんど初めての作品はやたらと面白いのですが、

「『カメ止め』一本作る予算で、『ミッション：インポッシブル』だったら一分も撮れないよね」

と友人が話しているのを聞いて、「なるほど」と思った私。作品の面白さは、かけたお金に比例するものではないのですねぇ。

この夏はさらにもう一本、お金はかかっていないけれど、心にひっかかるドキュメンタリー映画『ゲッベルスと私』を観ました。出演者は、一人だけ。ブルンヒルデ・ポムゼルという、ドイツ人女性です。

顔中に深い皺《しわ》が刻まれている、ポムゼル。それもそのはず、第二次世界大戦中、ナチスの宣伝相だったゲッベルスの秘書を務めていた彼女は、二〇一四年の映画撮影

時、百三歳。その三年後に、百六歳で世を去りました。

彼女の語り口は、確かです。自らの生い立ち、ゲッベルスの秘書になったいきさつ、そして敗戦時のこと。ポムゼルは淡々と語り続け、合間には戦争時の映像が挿入されます。

この映画を観てぞわぞわした気分になった私は、さらに同名の書籍も読んでみたら、心の中がますます激しく波打ちました。なぜなら「私も、あの時代を生きていたなら、こうなっただろうな」と思わされたから。

ポムゼルは、戦争の悲惨さを語るわけではありません。「私は悪くなかった」、なぜなら「何も知らなかったから」と、繰り返すのです。

ホロコーストのことも全く知らなかったと言い、

「知らなかったのなら、やっぱりそれは私たちの罪ではない。そして私個人の罪でも断じてないはず。ぜったいに」

と、言い切っている。

高齢者、それも百歳を超えるような高齢者というと、私たちはほとんど人間の域から出て神様に近いような印象を覚えるものです。が、ポムゼルはあまりにも生々しい、人間的な感情を持っています。

「何も知らなかったということも、今にして思えば、罪だったのですね」

といったことは決して言わず、徹底して「私は悪くなかった」と主張するのです。そんな彼女を石もて打つことができるだろうか、と私は思うのでした。第二次世界大戦中の日本に生きていたら、私はせっせと竹槍訓練に参加したことでしょう。戦争は嫌だ、と思いながらも、軍の仕事に就くことによって食べ物やお金が手に入るのなら、ポムゼルのように真面目に働いたのではないか。自己保身の鎧《よろい》をつけているかのようなポムゼルの姿を見ていると、心からガマのあぶらがたらーりたらーり、垂れるかのよう……。

八月になると、日本では戦争に関する報道が激増します。広島と長崎の原爆による、悲痛な出来事。空襲で失われた、多くの命。それらを語り継ぐことによって、ふたたび戦争への道を歩まないようにしよう、と。

無辜《むこ》の人々の悲惨な戦争体験を語り継ぐことは、確かに大切です。戦争の被害者だけでなく、戦争を推し進めた政治家や軍人達が、なぜそうしたのかを解明することも、必要でしょう。

しかし日本では、ポムゼル的な人の心理を知るという姿勢が、抜け落ちているのかもしれません。すなわち、「無知・無関心」であるが故に無意識に悪に加担し、「無知・無関心」を楯に責任を逃れようとする人の。

それは、いじめ問題の構造とも似ています。いじめ被害者の体験はマスコミでもしばしば語られ、「このような被害者を出さないようにしよう」と、盛んに言われています。一方、量的には少ないながらも、いじめっ子の心理を問題視する報道もある。しかしそのどちらでもない傍観者達のことは、何も語られないのでした。クラスの中の傍観者は、先生に何か言われたら、

「いじめなんて、知りません」

と言うでしょう。が、実はいじめを認識していて、何かしたら自分の身にも危険が及ぶから、傍観している。傍観することがいじめの助長になることがわかっていても、わかっていないフリをして。

子供時代の私も、もちろんそのタイプだったのであり、多くの日本人も、同じタイプだったのではないでしょうか。そんな我々は、いざ何かが起こった時、思想に関係なく「長いもの」に巻かれて身の安全をはかる、危険な層でもある。

我々はさしたる思想を持たない上に無口ですから、その心理が明らかにされる機会は、多くありません。だからこそポムゼルのあまりに正直な独白は、貴重なのです。戦争が終わって七十年余、彼女はずっと、「私は悪くない。だって、知らなかったの

だから」と、自らに言い聞かせ続けていたのではないか。

若者に一つだけ言うとしたら、

「正義なんて存在しない」

ということだ、とポムゼルは語りました。本の最後には、映画で語られなかった衝撃的な人生の一ページも、明かされています。

人生の最後に自分を正直に語ることによって、今の時代に漂うキナ臭さに警鐘《けいしょう》を鳴らしたのかもしれない、この女性。だとしたらその働きは大きいわけで、猛暑と台風でグダグダになっている私の気持ちを、彼女はさらにかき乱して、去っていったのでした。

「パパ活」「ママ活」の時代

ドラマにもなっていた「パパ活」。それはドラマの中だけの世界ではないようで、とある若い女性と話していたら、

「友達はみんなパパ活、してますよー」

とのことでした。

この場合の「みんな」とはもちろん誇張で、自分の周りに二、三人、その手の人がいる程度でしょう。とはいえ実際、パパ活をしている若い女性は今、少なくないようです。

パパ活とは、食事やデートをおじさんとすることによってお小遣いをもらう、という活動のこと。基本的には肉体関係を伴わないところが、パパ活のパパ活たる所以《ゆえん》です。本物のパパと食事をするように知らないおじさんと食事をしてあげて、経済的な見返りをもらう、ということらしい。

「えっ、そんなことでお金がもらえるの！」

と、私はパパ活について初めて知った時に、思ったことでした。私も若い頃、おじさんと食事に行くという機会はままあり、「ああ今おじさんは、私の若さを愛《め》でてくれているのだなぁ」と思ったものです。おじさんが喜んでくれるようにと、〝今時の若者〟についての話を、色々とご披露したものでしたっけ。

が、その対価はせいぜい、食事を奢《おご》ってもらうくらい。その上、時代が時代だっただけに（バブルです）、おじさん達は食事代も経費にしていた気が。今、同じことをしたら、お小遣いがもらえたということなのか。

今のおじさん、ちょろいなぁ。……と思いつつも、おじさん達の気持ちも、わからぬではありません。経験値を積んだ女性というのは、何を食べさせても無感動。対して若い女性は、

「すごーい、おいしいっ！」

「こんなの初めて！」

と、何でも新鮮に喜んでくれるのですから、食べさせ甲斐があるというものでしょう。

考えてみれば、ちょろいのはおじさんばかりではありません。今は経済力を持つ女

性も多いわけで、そんな女性に若くて何も知らない男性が近づいていったら、ホイホイとお小遣いをあげてしまうのではないか。

我が身を振り返っても、仕事で若い男性と話していると、ふと「可愛いなぁ」と思うことがある。ああ、私も「ママ活」の相手になりかねません。

特に女性は、母性本能と言いましょうか、未熟なものに対する庇護欲求が強いもの。周囲を見ていても、我が子のようなジャニーズや韓流のアイドルに、湯水のようにお金を注ぎ込んでいる女性は多いのです。駆け出しの若手俳優に入れ込んでいる中年女性は、

「あの子が売れるためなら何でもしてあげたい、っていう気分になるのよ」

と言っていましたっけ。

アイドルであればまだ、手の届かない存在であるわけですが、もしも素人の若い男性が実際にすり寄ってきて、

「ぼく、お金が足りなくて困っているんです」

と濡《ぬ》れた子犬のような目をされたら、簡単にお金を出してしまう女性は確実に、います。もちろん、肉体関係など無しでも。

これは何かに似ている。……と思ったら、オレオレ詐欺《さぎ》の構造でした。近所の警察

署の前を通ったら、壁新聞のようなものに、振り込め詐欺被害について書いてありました。今年になってから八月現在で、管内だけで未遂を含めたら百件余の詐欺が発生し、被害額は二億円近くとのこと。

振り込め詐欺とは、息子や孫を装って、高齢者からお金をだまし取るわけですが、かつて「母さん助けて詐欺」と異名がついたことを見てもわかるように、被害者の多くは女性です。子や孫を「助けてあげたい」という優しい気持ちを持っている人が、詐欺にひっかかってしまうのです。

今までは、オレオレ詐欺の被害にあってしまうのは高齢者、と他山の石感覚で見ていた私。が、パパ活の話から考えていくと、自分も若年性オレオレ詐欺のターゲットにされてもおかしくない気がしてきます。

しかしオレオレ詐欺とパパ活・ママ活の違いは、詐欺は見返りがゼロであるのに対して、パパママ活は、何らかの見返りが期待できるところでしょう。性欲は満たされなくとも、若者と接点を持つことによって、その生き生きとしたパワーのようなものを吸収することができるのですから、いくばくかのお金を支払うのも惜しくはない、のかも。

少子化が進んで若者の数が少なくなればなるほど、若者の価値は上昇していきます。ベビーブームで若者がたくさんいた頃は、おじさんやおばさんは、むしろ「若い子の相手をしてあげる」くらいの感覚でいたのではないか。

私くらいの世代となると、「若い＝偉い」という意識が次第に出てきて、「つきあってあげているのだから、奢ってもらって当然」という感覚になりました。そして若者が貴重品となった今、若者と食事をするだけで、おじさん・おばさんは対価を支払う時代となったのです。

我々が高齢者となった頃、若者達はもう、リスクを冒してまで詐欺などする必要は、なくなるのかもしれません。高齢者とただ一緒に散歩するだけでもがっちり儲けることができるのかもしれず、それは決してＡＩに取って代わられることのない、数少ない仕事となるような気がします。

「鹿児島～東京」新幹線の旅

台風目白押しの中、仕事で種子島へ行って参りました。案の定、台風が近づき、帰る日には、鹿児島との間を結ぶジェットフォイルの欠航が早々に決定。

その日、私は最終便の飛行機で、鹿児島へと戻る予定でした。地元の方は、

「船が止まっても飛行機は飛びますから、大丈夫ですよ」

とおっしゃいますが、胸には不安が渦巻きます。午後には鹿児島へのフェリーが出航することになっていて、台風前に島から出られる船便は、これが最後。予定を早めてフェリーに乗るか、飛行機が飛ぶことに賭けるか……？

悩んだ結果、私は予定通り、飛行機に乗ることにしたのです。しかしその後、風は強まって、私が乗る便の前の便は、使用機が到着できずに欠航。「あうっ」と、胸の暗雲が一気に膨《ふく》らみました。明日は確実に、台風で全便欠航になるだろう。さらにその後から別の台風が近づいていることを考えると、今日、島を出なければ、次にいつ

出られるかわかりません。

天に祈りながら、空港へ。使用機は鹿児島を飛び立っているようですから、あとは到着を願うしかありません。ドキドキしながら待っていると、

「ただ今、鹿児島より○○便が到着いたしました」

とのアナウンスが！　パイロットをハグしたいような気持ちが、湧き上がります。私が南の島に行く度に台風がやってくる感があり、この手の不安にも慣れてはいるのですが、無事に鹿児島に着いた時には、やはり胸を撫《な》でおろしました。到着を祝って、地鶏の刺身など、薩摩の味覚で乾杯！

しかし、話はここで終わりではありません。翌日、私は鹿児島から飛行機で帰る予定だったのですが、今度は台風が鹿児島に接近しているではありませんか。

そこで思い出したのは、「鹿児島には、新幹線がある」ということです。九州新幹線は、博多～新八代間しか乗ったことがなかった私。この機会に、鹿児島から新大阪まで、乗ってみる？　……と考えると急に楽しくなってきて、早速、飛行機をキャンセルしました。

翌日の午前、ランチやおやつを買い込んで、鹿児島中央駅の新幹線ホームに立った私。ホームの端まで行ってみると、新幹線の線路の終わりを見ることができました。

東京駅でも新大阪駅でも、新幹線の線路はどこかから来てどこかまでつながっているわけですが、鹿児島中央駅は、新幹線の南の果てなのです。

そういえば地元の方が、

「鹿児島って、果てに位置するせいか、やたらと『中央』っていう言葉が好きなんですよ。鹿児島中央駅にしてもそうだし、地名とか学校の名前にも『中央』ってつけがち」

と言っていました。が、新幹線の線路の終わりからは、やはり〝果て感〟が漂います。

しかし線路は終わっていても、道はつながっているのだそう。鹿児島市を起点とする国道五十八号線は、種子島、奄美大島を経由し、沖縄本島まで通じているとのこと。もちろん海上に道はありませんが、鹿児島は南の島々へのゲートウェイなのです。

台風間近の風を感じつつ、鹿児島中央駅から九州新幹線みずほに乗り込んだ私。東海道新幹線よりも座席は広々としていて、快適です。九州の山々を眺めつつ、新大阪まで四時間の列車旅が、スタートしました。

景色を眺めているうちに、一時間半ほどで列車は博多に到着。あっという間の感覚です。さらに関門海峡を渡って本州に入れば、うとうとしたり何か食べたりしているうちに、岡山、姫路……と、新大阪に近づいていく。新大阪駅ではたこ焼きを食べて一休みしてから、東海道新幹線に乗車。新大阪での休憩を含めて、約七時間で東京に到着しました。

列車が嫌いな人にとっては、うんざりする旅程かもしれません。しかし鹿児島からの距離を体感するのに、新幹線の旅は悪くありませんでした。飛行機に乗れば、東京から一時間半で到着する鹿児島ですが、やはりそこは、遠い場所なのだから。

内田百閒《うちだひやっけん》は『鹿児島阿房《あほう》列車』で、博多から「霧島」に乗車し、鹿児島まで約七時間かけて到着しています。同じ時間をかければ、鉄路でも余裕をもって鹿児島から東京に来ることができる今のことを、百閒先生はどう思うでしょうか。

リニアが走れば、さらに時間は短縮されます。しかしさすがに私も、「もうそんなに速くしなくてもいいのに」という感覚になってきました。

百閒は、東海道新幹線が着工された昭和三十四年、当時の国鉄総裁・十河信二《そごうしんじ》、「新幹線の父」と言われた技師長・島秀雄《しまひでお》らとの座談会において、

「そんなに速く走っても仕様がないですヨ。それより東京・大阪ノンストップ二十時間というのはどうです」

と言ったのだそう。さすが百閒先生、スピード化が進む高度経済成長の時代においても、旅に時間をかけることが贅沢になる時代を、見通しておられます。

七時間の列車旅という贅沢を堪能した私は、東京駅で新幹線を下車しました。とはいえやはり尻は少し痛くなるわけで、尻を揉みつつ、在来線ホームへ。百閒先生は、長旅でも尻が痛くならなかったのかしら、と思いつつ……。

消えゆく「先輩風」

　この二人の姿をテレビで見るのは久しぶりだ。……と思いながら、『とんねるずのスポーツ王は俺だ!!』を見ました。

『とんねるずのみなさんのおかげでした』が終了したのは、二〇一八年の三月のこと。それからとんねるずの二人は、まるで定年退職を迎えた会社員のように、私の視界から姿を消していたのです。

　ＴＯＫＩＯが、既に当たり前のように四人でコマーシャルに出ていたりするのを見ても、芸能界においては「誰かがいなくなっても、何事もなかったかのようにその穴は埋まる」ということを実感するのですが、それは芸能界だけではないのでしょう。あらゆる職場において、「この人がいなくなったら、仕事が回らない」という人などいない。誰かがすぐにその穴を埋めて、何事もなかったかのように仕事は、そして世の中は、進んでいくのです。

『スポーツ王』で二人の姿を見た時に私は、ですから定年を迎えたおじさん達に久しぶりに会ったような気分になりました。お元気そうで良かった。お変わりないですね！……と、駆け寄りたくなった。

とんねるずは、我々世代にとっては若い頃からずっと、「先輩」的存在でした。二人とも帝京高校の運動部出身ということで、その運動部的「先輩風」を無茶苦茶に吹かせる芸風が、ウケていたのです。

『スポーツ王』は、その意味において非常にとんねるずらしい番組なのだと思います。石橋《いしばし》さんは野球、木梨《きなし》さんはサッカーと、それぞれ得意なスポーツで、一流プロを交えての勝負をするのですが、自分達より若いスポーツ選手に対して先輩風を吹かせる二人の姿を、視聴者は楽しんでいたものです。

たとえば石橋さんは「リアル野球BAN（盤）」というゲームをするのですが、参加している松井秀喜《まついひでき》さんに対しても、友達のような感覚で接している。

しかし、六十代の定岡正二《さだおかしょうじ》さんも出てきたこのゲームを、若者はどう見るのか。野球が地上波で放送されなくなった今、もはや若者は野球のルールもよく知りません。当たり前のように毎日巨人戦を放送していた時代は、打ったら右に走る、くらいのことは皆が知っていたけれど、野球のルールはもう常識ではなくなっています。「野球盤」が何のことかわからない人も、たくさんいるでしょう。

しかし、そんな懐メロ番組のようなところが、とんねるずの番組の良さ。少なくともある層の世代感覚は、激しく刺激されるのですから。

以前、つば九郎《くろう》（注・東京ヤクルトスワローズのマスコットにして名ブロガー）のブログを読んでいた時、『みなさんのおかげでした』の終了に対して、熱い惜別《せきべつ》の情が記されていたのを見たことがあり、「ああ、つば九郎（の、中身の人）も同世代なんだな……」と思ったものでした。つば九郎は可愛くて大好きなのですが、同世代だと思ったら、ますます親しみが湧くというものです。

とはいえ、とんねるずの先輩風は、つば九郎や私にはグッときても、今の若者にとっては親しみづらいもの。特に今は、日大アメフト部の悪質タックル問題に端を発し、ボクシングや体操等、様々なスポーツの世界において、「悪質先輩風」に対する批判が高まっています。

かつては、先輩風に耐え忍ぶことによって、根性や仲間意識が醸成されるとされていました。先輩風に耐え抜いた末、「俺たち、あんなに頑張った」という、一生しゃぶり続けることができる飴玉を、手に入れることができたのです。

しかしそんな飴玉をありがたがるのは、せいぜい私達世代くらいまででしょう。今の若者達は、「なんでそんなことに耐えなくてはならないので？」と思うのであり、スポーツ界において上層部に対する告発が相次いでいるのも、そんな風潮と無関係ではないと思う。

『スポーツ王』において、以前と変わらぬ先輩風を吹かせるとんねるずのお二人を見て、ですから私は、郷愁と自戒の念に包まれたのです。私も運動部に属していましたが、まだ若いOB・OGの先輩風は爽やか・かつ穏やか。しかし中高年OB・OGが、自分達の現役時代と同じ感覚で風を吹かせてしまうと、その古い理論や古いノリに、下の者達はポカンとするのだろうなぁ、と。

とんねるずと同じ五十代男性のお笑いコンビでも、ダウンタウンはレギュラー番組も持ち、人気を保っているようです。ダウンタウンのお二人もまた同級生コンビで、とんねるずよりも二学年下、ということになる。

先輩風が吹きすさぶ中で青春時代を送ったであろう彼らも、もちろん後輩いじりはします。が、それが彼らのメインの芸風とはなりませんでした。強風の中で生きてきたからこそ、「同じ風は吹かすまい」と思ったのか、どうか……。

日本のスポーツ界では、きっとこれからも告発ブームが続くことでしょう。先輩の「偉さ」というものに、実は大した裏打ちはないということに、今の人は気づいているのです。

後輩から突き上げられたり、世間から切られたりして、ある日突然止んでしまう、先輩風。その後に吹いてくるのは、諸行無常の風なのでした。

アムロちゃんと天皇

安室奈美恵さんが、引退されました。アムラー世代の知人に聞くと、

「私もあの頃はアムロちゃんを真似して細眉にしていて、母から『いつか太い眉が流行る時が来たら後悔するんだから、やめなさい』って言われても、そんな時代が来るわけがないって思ってました。今も薄いままの自分の眉毛を見ると、アムロちゃんの引退は感慨深いです……」

とか、

「伸ばすと一メートルくらいあるスーパールーズソックスの洗濯が母親はすごく面倒だったみたいで、『昆布を干してるみたい』って言われてた」

などと、その頃の話を聞かせてくれるのです。

ちょうど公開されている映画『SUNNY』では、主人公達は高校時代にコギャルだった仲良しグループ、という設定。韓国映画のリメイクなのですが、かつて韓国バ

ージョンを観ていたので、日本版も観てみました。レディースデーだったせいもあって、客席は老若女でいっぱいです。中でもアムラー世代、すなわちアラフォーくらいの女性の姿が目立ちました。平日の昼間に映画を観ることができるということは、主演の篠原涼子《しのはらりょうこ》さんが演じる役と同様、今は専業主婦なのかもしれません。

コギャルだった女子高生グループが大人になって……という設定のお話であるため、映画の中ではtrf、久保田利伸《くぼたとしのぶ》、小沢健二《おざわけんじ》など、九〇年代のヒット曲がたくさん使われています。が、最初と最後は、やはりアムロちゃんの歌。その世代の人にとっては、青春の思い出がフラッシュバックして、涙が出そうになるのではないか。

『SUNNY』の大根仁《おおねひとし》監督が、

「今アラフォーの世代にとって、アムロちゃんの曲は演歌だ」

と、テレビでおっしゃっていました。カラオケで彼女達がアムロちゃんの曲を歌い上げる時、そこには湿り気たっぷりの情念が含まれている、と。

我々、つまり今アラフィフの世代の女性にとって、青春がフラッシュバックしてくる歌といったら、聖子《せいこ》ちゃん（念のため注・松田《まつだ》です）やユーミン、ということになります。聖子ちゃんは、特に情念を感じさせない可愛い女の子の恋愛の世界を歌っていたけれど、ユーミンの歌は湿り気こそ薄いものの、私達にとっての演歌だったのかもしれません。

どの時代の女性も、実は演歌的なものを必要としているのだと私は思います。アムラー世代の女性は、アムロちゃんとほぼ同世代である椎名林檎《しいなりんご》さんの歌を、何かが取り憑《つ》いたかのようにカラオケで絶唱する人も多いものですが、あれもまた一種の演歌なのではないか。

アムラー世代の人は、演歌的な歌を歌わずにはやっていられない、というところもあったのだと思います。バブル崩壊後に青春期を迎えた、彼女達。世の中はずっと不景気で、女子高生だけが元気だったわけですが、彼女達は茶髪やルーズソックス、ガングロに超ミニスカート、というヤケクソ感あふれるファッションで、鬱屈した思いを吐き出していたのかも。

九〇年代以降のＪ－ｐｏｐには、「強くなりたい」とか「強い自分」といった歌詞が頻出し、若者が「強さ」を希求している様が目につくのですが、その傾向も、アムロちゃんの頃から始まっています。苦労の多い生い立ちであったという彼女は、本当に「強く」ならなければやっていけず、その姿勢は、不景気の中で生きる若者の心にマッチしたのです。

聖子ちゃん、ユーミンといった苦労知らず系の女性歌手は、引退せずにずっとキャリアを続けています。「仕事も、結婚も」というその生き方を、我々は羨望の眼差《まなざ》しで見つめたもの。

対してアムロちゃんの生き方は、百恵《ももえ》ちゃんに通じるところがあります。「仕事も、結婚も」が女性にとって当たり前となってアップアップしている今の女性達にとって、潔く何かを切り捨てて別のものを得ようとする姿は、これまた羨望の対象となるのでしょう。

アムロちゃんの引退は、平成の終わりを重ねて考えられがちな事象です。アムロちゃんとは切り離して考えることができない小室哲哉さんも引退を表明したし、ジャニーズでは滝沢秀明《たきざわひであき》さんが引退発表するしと、時代が変わる空気が芸能界で感じられるのです。

平成が終わるまでに、この手の動きはますます強まるものと思われます。今までは、いつになるのかわからない天皇の死によって時代は変わりましたが、今回の代替わりは、時期が事前に決まっている。時代の区切りに、自らの区切りを合わせる人は、さらに出てくるのではないでしょうか。

今上天皇の天皇としての日々は、バブル崩壊と共に始まりました。そんな平成時代のＢＧＭを歌い続けてきた歌姫が引退し、天皇も退位された後には、どのような時代がやってくるのか。次の扉が開くのは、もう間もなくです。

人生初のサイン会

生まれて初めて、サイン会に参加しました。私はずっと卓球を習っているのですが、その卓球クラブにおいて、日本のエース・水谷隼選手のサイン会が開催されたのです。

家の近所ということもあって、

「行っちゃおうかな」

と、いそいそ出かけた私。芸能人というわけでなし、そんなに大勢の人は集まらないのでは？　……と思っていたら、目論見《もくろみ》は外れました。行ってみると、会場に入りきらない人たちが、路上にも列をつくっているではありませんか。

「さすがオリンピックメダリスト！」

と目を丸くし、私も列の最後尾へ。

昨今好調の、日本卓球。ほどなく卓球の新リーグ「Tリーグ」も始まりますし、卓球人気の盛り上がりを感じさせます。

既にサインをしてもらって帰る人達は、

「緊張したー！」

などと、瞳を輝かせていました。卓球を愛好する人達にとって、水谷選手は神のような存在なのです。

行列は、牛歩の進みでした。やっと会場内に入っても、ディズニーランドの人気アトラクションの行列のように人波は続き、まだ水谷選手の姿も見えません。さらに待ってやっとお姿が見えると、

「ナ、ナマ水谷選手？」

と、感動もひとしお。そこから次第に行列が進み、水谷選手が近づいてくると、次第に緊張が高まってきました。

今まで、アイドルなどもあまり好きになったことがなかったため、サイン会や握手会には無縁だった私。一瞬しか会うことができないのに、何が楽しいの?と思っていました。

しかし、この「本人にじわじわ近づいていく感じ」は、確かに興奮するかも。いよいよ自分の順番までカウントダウンとなってきた時は、胸の鼓動が高まり、手には妙

な汗をかいてきたではありませんか。

水谷選手は、チビッ子が持ってきた卓球グッズなどにも、嫌な顔をせず一つ一つ、サインをしてあげています。さぞやお疲れだろうに……と思うのですが、卓球関係者に話を聞くと、水谷選手は卓球が強いのみならず、とてもいい方なのだそう。

そうこうしているうちにとうとう、私の番がやってきました。水谷選手の本にサインをしていただいた後には、握手まで。鼓動は高まり、

「がっ、頑張ってくださいっ！」

としか、言うことができません。かくして激しい興奮とともに、私のサイン会処女は破られたのです。

近くにいる人に自分のスマホを預け、バシバシと写真を撮ってもらったのですが、画像を確認すると、私の目は完全にハートになっています。SNSをしている人であれば、即座にアップするところでしょう。SNSをしていない私も、「水谷選手と握手をしている自分」の姿は自慢したいわけで、友人にLINEで送りつけずにはいられませんでした。

興奮冷めやらぬままに家路についた私は、「会う」ことの効果、というものについて道々考えておりました。自分の好きなスポーツでオリンピックのメダルをとった人

と話したり握手をしたりして、大人の私でもこれほどドキドキするのだから、チビッ子達はどれほど夢が膨らんだことか。この感動をきっかけとして、未来の大選手が生まれることもあるかもなぁ……。

私自身も、本が発売されたり、何かのイベントの時に、サイン会をすることがあります。もちろん、スポーツ選手やアイドルに比べればものすごく地味ーな会ですが、それでも並んで下さった方に、喜んでいただけることがある。

今回、自分でサイン会に並んでみて、実際に会う喜びというものを初めて体感したような気がします。水谷選手は、卓球台をテーブルにしてサインを書いた後、わざわざ立ち上がって握手をしてくださったっけ。私ももし今度サイン会があったら、立って握手してみようかしらん。……などと思ったりなんかして。

さらには「並ぶ」ことの重要性も、実感したことでした。世の中には行列好きな人とそうでない人がいますが、私は明らかに後者。トイレであっても、少し列があるだけで尿意を我慢する方を選びます。

が、待つことによって醸成されるものも、確かにあるようです。アイドルのファンにしても、握手会にどれほど長時間並んだとて、その時間があるからこそ一瞬の対面時、昇天しそうに甘美な夢を味わうことができるに違いない。かつて「会いに行けるアイドル」としてAKB48を売り出したのは秋元康《あきもとやすし》さんでしたが、さすが秋元さんだわ……。

行列好きの人達は、その効果を知っているのでしょう。行列ができる店にしても、待ち時間というスパイスがふりかけられるからこそ、一杯のラーメンに感じられる特別な美味しさが、あるに違いありません。

とはいえ、私がこれから行列のできる店に並ぶようになるわけではないのです。が、好きな何かを待つためには、行列もまた楽しい時間、という感覚は少しわかった。水谷選手とのツーショットをたまに眺めてはニヤニヤしつつ、東京オリンピックでの飛躍を祈る日々なのでした。

「グレイヘアー」を選ぶ勇気

テレビの週間視聴率ランキングにおいて、一位が『笑点』で、二位が『人生の楽園』になっていました。これを見て「テレビも、ここまで来たか……」と思っていた私。

『笑点』を知らない方はいないと思いますが、『人生の楽園』とは、土曜の十八時から放送されている、楽しい第二の人生を送るシニア世代を紹介する番組。二〇〇〇年に放送がスタートしていますから、こちらもかなりの長寿番組です。

都会で働いていた人がリタイア後、田舎にIターンして農業を始めたり、故郷にUターンしてカフェを開いたり、といった事例が毎週紹介される、『人生の楽園』。この番組は、充実したセカンドライフを送る人達を紹介することによって、シニア世代に夢や希望をもたらしているのです。

一位が『笑点』、二位が『人生の楽園』という状況を見て、私はテレビがすっかりシニアのためのメディアになっていることを実感しました。ランキングに入っている他の番組を見ても、朝ドラなど、シニアが好むものが多い。若者達が恋愛に励むようなドラマは、とんと見られなかったのです。

　確かに最近、

「若者は、テレビを見ない」

という話はよく聞くのでした。スマホを眺めるのに忙しく、テレビを見る気にならない。テレビなんて面白くないし……というわけ。

『黄昏流星群』や『ＳＵＩＴＳ／スーツ』といった今期のドラマのラインナップを見ても、テレビ視聴者はもう若くない、ということを感じさせます。『黄昏流星群』は、弘兼憲史《ひろかねけんし》さんの漫画を原作にしたドラマですが、人生の半ばを過ぎた人達が今ひとたびの恋に夢を見る、といった内容。

『ＳＵＩＴＳ』は、アメリカの人気ドラマの日本版なのですが、主要な役を演じるのが、織田《おだ》裕二《ゆうじ》さんや鈴木《すずき》保奈美《ほなみ》さんということで、明らかにかつてトレンディドラマに夢中になった中年層をターゲットにしています。

　中高年の恋をテーマにしたドラマは、目新しいものではありません。今となっては、恋愛をゼイゼイと求めているのは中高年。テレビ離れのみならず恋愛離れをもしている若者向けに恋愛ドラマを作るより、ずっと現実味のある物語かもしれません。

今、ジャニーズのアイドルが当たり前のように中年だったり、人気俳優が活躍する期間が昔よりもずっと長くなったのも、テレビが中高年向けメディアになったことと、無関係ではないでしょう。ネットよりもテレビに忠誠心を持つ人々は、自分にとってのスターをずっと愛し続けているのではないか。

今後も、中高年向けの番組は増えていくことと思います。そうなれば若者はますますテレビから離れていくわけですが、それはもう仕方がない。新聞などと同様、マスメディアが「マス」のメディアでなくなる日は、そう遠くないのかも。

テレビが中高年向けメディアとなった時、改めて「惜しい」と思われるのは、樹木希林さんの存在です。最後の最後まで、仕事をされていた希林さん。『万引き家族』を見た時も本欄に記しましたが、樹木希林さん亡き後、日本で「ババア」を演じることができる女優さんは、まだ出てきていないのではないか。

樹木希林さんは三十代から老け役を演じてきましたが、今思えばそれは、高齢化が進む日本において、時代を先取りする姿勢でした。「できるだけ老けて見えないように」と必死になる芸能人がほとんどの中で、早くから老けて見られることに躊躇しなかったからこそ、希林さんは活躍の場を広げ、唯一無二の存在感を醸《かも》し出したのです。

昨今は、若見えを目指さず、あえて年相応の自分をさらけ出すという「希林方式」をとる人が、注目を集めるようになったように思います。たとえば、グレイヘアーの静かなブーム。

近藤《こんどう》サトさんも「白髪を染めないようにした」とおっしゃっていましたが、白髪を染め続けることに疲れた女性達が、

「ありのままでいます」

と、白髪染めを止めるケースが、しばしば見られるようになったのです。

特に女性の場合、ずっと白髪を染めていた人が染めることを止めると急に老けて見えるため、「染めない」という決断には勇気が必要です。しかし白髪の増加とともに染める頻度が増え、白髪とのイタチごっこを続けていると、疲れ果ててしまうのも事実。グレイヘアーを選択した人は、とても快適そうです。

美魔女ブームで「とにかく少しでも若く見せたい」と皆が皆思っていた頃とは、雰囲気が違ってきた昨今。老化していないフリをし続けることを止める人達が、少しずつ増えてきたのです。

希林さんがいなくなり、空席となった「ババア」の座。「若く見られたい」という

煩悩《ぼんのう》を持ったままの女優さんは、決してその座に座ることはできません。テレビがシニアメディアとなった今、女優さんの世界においても、ちゃんと老けている人の需要は、ますます高まるのではないか。

「老け見え堂々」と思う人が当たり前になったら、それはきっと希林さんの置き土産。今はまだ煩悩まみれで白髪を染める私もいつか、そんな勇気を持ちたいものよ、と思います。

「中の人」の引退

福原愛ちゃん、引退。卓球好きの私としては、もちろんこのニュースを深い感慨をもって聞いておりました。

三歳から卓球を始め、ずっとテレビに出続けていた愛ちゃんは、卓球界における「子役上がり」。注目を浴び続けつつもまっすぐに育ち、日本卓球界を牽引してきた彼女のことを、私は尊敬しているのです。

新世代が活躍しているのを見て、肩の荷が下りたという彼女。いつか是非、指導者として戻ってきてもらいたいと思うのでした。

この季節には野球選手の引退も次々と発表されますが、改めて思うのは、アスリートが現役として活躍できる時期の短さなのでした。野球選手の場合は、山本昌《やまもとまさ》さんのように、稀に五十代まで続ける人もいるけれど、普通はうんと頑張っても四十代までか。会社員で言えば、働き盛りのお年頃です。選手寿命が短いからこそ、彼等が現役時代に放つ輝きは強いのでしょう。

そんな引退シーズンの中で、私が最も大きなショックを受けたのは、「ビッグバードの中の人、引退」というニュースでした。ビッグバードとは、アメリカの子供向け番組『セサミストリート』に出てくるキャラクター。名前の通りの大きな黄色い鳥です。その「中」で演じていたキャロル・スピニーさんが、八十四歳で引退されるとのことなのです。

スピニーさんは、ビッグバードを演じて、半世紀。数年前からは声だけの出演になっていたそうですが、とうとう完全に引退、となるのだそう。

『セサミストリート』は日本でも放送されていましたから、ビッグバードやクッキーモンスターは、私達にとっても親しみ深いキャラクター。外国の番組ということもあって「中の人」の存在を意識したことがなかったけれど、そうか「中の人」も年老いていたのか……。

先日、久しぶりにテレビで『サザエさん』を見たら、一家の「声」の多くが昔とは違うことに、一抹の寂しさを覚えました。サザエさん一家には子供の頃から親しんできたからこそ、声優さん達の交代が寂しいのでしょう。

キャラクター自体はいつまでも生き続けることができるけれど、着ぐるみの「中の人」であったり、アニメの声であったり、そこに生命を吹き込むのは、生身の人間。そして生身の人間は必ず、老いるのです。

ディズニーランドにおけるミッキーマウスなどは、おそらく「中の人」用のマニュアルもしっかりできていて、マニュアルを学んだ人であれば、誰が中に入っても機能するのだと思います。明るく、誰にでも親切にして、ミニーマウスとはいつでも仲良し、というように。私も東京ディズニーランドでミッキーマウスに会ったことがありますが、確かにとても感じのいい人、ではなくて感じのいい鼠でした。

しかし世の中には、「中の人」の個性があまりに強いため、交代が不可能なキャラクターも、存在するものです。たとえば、ふなっしー。ゆるキャラブームの中でふなっしーは、その動きの独特さと、中の人の言動の面白さで、一頭地を抜いたキャラクターとなりました。

「中の人」が話す、というのは、着ぐるみキャラクターの世界の中では革新的な行為でした。それまでのキャラクターは、着ぐるみとなって人々の前に出ても、ゼスチャーで何かを表現するだけだったのですから。

「中の人」が動いて話すという手法は、強い個性を表現できると同時に、「代わりがいない」というリスクも持ちます。あれだけ活躍していたふなっしーを最近テレビなどで見ないのは、もしかすると「中の人」がぴょんぴょん跳びすぎて体調を崩したせいではないか。……と、密かに心配しているのです。

同じ意味で私が心配を募らせているキャラクターとしては、ヤクルトスワローズの球団マスコットであるつば九郎と、中日ドラゴンズの球団マスコットのドアラがいます。二人はふなっしーのように話すことはしませんが、筆談によってコミュニケーションをとることができ、その筆談力が高い。のみならず、「中の人」の個性が存分に発揮されたパフォーマンスで、球団マスコット界における別格的な存在となっています。

しかし、そんな「中の人」の「余人をもって代えがたし」という存在感が、ファンを不安にさせるのでした。つば九郎もドアラも、デビューは一九九四年。約四半世紀前です。となると「中の人」も当然、その分は年をとっているはず。つば九郎は全身着ぐるみなので夏は大変そうだし、ドアラは頭ぐるみだけれどバック転など激しい動きがあるし。……と、キャラクターの永遠性を信じたいこちらとしては、気が気ではない。

着ぐるみ業界では、「中の人なんていない」ということで、見る人の夢を壊さないようにしてくれていますが、やっぱり「中の人」はいる。ビッグバードの「中の人」引退、といった話を聞くと、「その時が来てしまったのか」と思うのです。

ＮＨＫ『チコちゃんに叱られる！』のチコちゃんなど、最近も個性の強い人気着ぐるみ（ＣＧ?）が登場しています。チコちゃんにしても、キャラクターの個性は、やはり生身の人間がかかわるからこそ、出せるもの。キャラクターの不変性と、変わりゆく人間との間に生じる隙間に、寂しさを覚える秋なのです。

女医さん、頑張って！

婦人科系のことが急に心配になり、診てもらいたくなった私。いつもは人間ドックでの検診をするくらいで、行きつけの婦人科がないため、ネットで探してみたのです。

家から近いところがいいなぁ。やっぱり女医さん希望。……と探してみましたが、なかなか条件に合う医院がありません。結局、女医さんではないものの評判の良さそうなレディースクリニックに行くことに。ホームページには、ちょっといかつい感じの先生の写真が載っていましたが、「まあいいか」と、出かけてみました。

婦人科においては、いわゆる「デリケートゾーン」（昨今の若い女性は、女性器のことをこう言う人が多いのだと『全国マン・チン分布考』松本修《まつもとおさむ》著に書いてあった。小林製薬のフェミニーナ軟膏のコマーシャルの影響らしい。他に、最近のお母さん達は赤ちゃんの性器のことを「おまた」と称すとのこと。でも、「お」がつくと何だか卑猥に聞こえますよね）

を、晒すことになります。

若い頃は、「こんなポーズでこんな部位を晒すなど、今まで異性の前でしかしたことがないのであるからして、男性医師の方が女性医師よりも恥ずかしくない」という独自の理論を持っていた私だったのですが、どうやらそれは性的に活発だった時期の考え方だった模様。今の私は、「やっぱり女医さんが」と思います。

そうこうしているうちに、クリニックに到着。診察室に入ると、早速診察台に乗って、デリケートゾーンの開帳となりました。

男性の皆さんはよく知らない世界かと思いますが、婦人科の診察台では、カーテンで患者の上半身と下半身が仕切られるようになっています。先生が「ゾーン」を診察している様子は、こちらの視界には入りません。

その時にふと思ったのは、「しかし初対面の男性に、会って数分も経たないうちに『ゾーン』を晒すって、すごいことだわね」ということ。その上、

「前回、人間ドックを受けたのはいつですか?」

「えーとですね……」

などと、カーテン越しではあるものの、ゾーンを診られながら会話まで交わします。

診察台から下りると、再び先生と相対し、

「心配ないと思いますね、なぜなら……」

といった説明を受けたのですが、さっきまでゾーンを見られていた人と平然と顔を合わせて話している自分に、少し感心もした私。しかし同時に、「やっぱり女医さんがよかったな……」などとも思っていたのでした。

私はどうも、年をとるにつれて女医さんが好きになっていくようです。デリケートなのは「ゾーン」だけではないお年頃となり、「とにかく優しく接してほしい」と思うようになってきたのです。

女医さんが全員優しいとは限りませんが、やはり女性の方が、ソフトな対応なことが多いもの。男性医師に何か少しでも強めに言われると、ただでさえ心弾む行為ではない医者通いが、ますます憂鬱になってくるのです。

かかりつけの歯医者さんも、私は女医さんを選んでいます。特に歯医者さんの治療は恐怖心を伴いますから、女性の方がほっとできるのであり、

「はーい、お口あけてくださいね〜、ちょっとだけチクッとしますよ〜」

などと、幼稚園児に言うかのように声をかけて下さると、心が和むのでした。

東京医大で、女性受験生が不利になっていた問題が発覚し、女性医師という立場が

注目された昨今。私はもちろん、女医さんがもっと増えてくれたらいいのに、と思っていますから、ぜひ医師の世界でも働き方改革を断行していただいて、家庭を持つ女性医師でも働き続けやすくしてほしい。

友人の女性医師は、大きな病院で診療しつつ結婚して子供を産みましたが、仕事と家庭の両立は、相当に大変そうでした。実家の近くに住み、また経済力もあるからこそ、家事をアウトソーシングすることができたけれど、そうでない場合は「だったら私が辞めて……」と思う人も多いことでしょう。

友人達と婦人科談義になった時も、

「やっぱり女医さんが」

という声が多数でした。

「前に、初めての婦人科に行ったら、なんとそこの先生が偶然、高校時代の男子のクラスメートだったのよ。さすがに『ごめん、無理』ってなって、帰ってきちゃった」

と言う人もいました。これが女子の同級生であったら、そうはならなかったかもしれません。

男性の場合は、女性医師に抵抗を感じる場合も、あるのだと思います。ある男性は、痔《じ》の診察に行ったら、担当がちょっと美人の女性医師であり、

「かなり戸惑った……」

ということだった。やはり、特にデリケートゾーン近辺の診察の時、人は同性医師を求めるのかもしれません。

「診る」こととはすなわち、「見る」こと。その時にどうしても同性医師の方が気が楽、と感じるのは、私だけではないことでしょう。医師にならんと頑張って受験勉強をしている女子達にどうか平等な機会をもたらしてほしいものよと、女医さん好きとしては願ってやみません。

「地元」と「配偶者」

仕事で大阪に行ってきました。業務の合間に、寸暇を惜しんで梅田のデパートへ。見慣れぬ売り場。東京ではあまり見かけないタイプの、華やかなファッションのお客さん。……そんな雰囲気に「楽しい！」という気分が盛り上がり、あれもこれも、欲しくなってきます。

東京にも、デパートはたくさんあります。が、普段行き慣れていないデパートはやたらと新鮮で、東京にあるのと同じ商品まで、魅力的に見えるもの。

駅ビルやスーパー、商店街などにしても、同様です。自分の地元の店には毎日のように通っているので、すっかり飽きている。他人の家などに行った時、その地元にある店を見ると「いいなぁ、こんなお店があって」という気分になるものです。

それは不倫の心理と同様なのでしょう。自分の配偶者は、毎日一緒にいて、性癖から料理の味まですっかりわかっている。だからこそ、余所で会った新鮮なお相手に、心がもっていかれがちなのではないか。

普段は新宿伊勢丹あたりをベースにしている私も、梅田のデパートについつい、グッときてしまいました。しかし私には、時間がありません。後ろ髪を引かれるように去らなくてはならないのが、「また会いたい」という気持ちを募らせるのも、不倫と一緒……。

デパート等がリニューアルを繰り返すのも、消費者のこういった気持ちのせいなのでしょう。顧客は、いつまでもその店を愛するとは限らない。人は「安定」を愛すると同時に「新鮮味」を求める生き物なのであり、そんな移り気な顧客を引き止めておくために、リニューアルは為されるのです。

旅先のデパートはまた、「しょっちゅう来られない」という意味でも、魅力的です。私にとって新宿伊勢丹は、いつでも行くことができる場所。しかし余所から来た旅行者にとっては、旅程の中の限られた時間しか見ることのできない場所であり、インバウンドさん達が、ディズニーランドに来たかのように楽しそうに買い物をしているのは、だからこそなのです。

急ぎ足で梅田の街を歩きつつ、私は子供の頃、空き地に落ちていたエロ本を、棒っきれでめくった時の楽しさを思い出したのでした。あの手のエロ本は「ヘルメットをかぶった天使が撒いている」とみうらじゅんさんがおっしゃっていましたが、本当はじっくり見たいのに、大人の視線などが気になって、子供はチラ見しかできなかったもの。

しかしもしもエロ本が自分のもので、安心して家で読むことができたら、あれほどは楽しくなかったのでしょう。チラッとしか見ることができないから、余計に興奮したのではないか。

……そんなことを考えているうちに、大阪での業務は終了。私はふたたび寸暇を惜しんで、国立文楽劇場に駆けつけました。せっかく大阪まで来たことだし、ということで、文楽見物をすることにしたのです。

文楽は、大阪を本拠地とする伝統芸能です。東京や大阪で毎月公演があるのですが、やっぱり本場で見る方が、劇場の立地の猥雑さ等も含め、気分が盛り上がるもの。

しかし本拠地・大阪の文楽劇場に行ってみると、後ろの方はかなり空いていました。この日に限らず、大阪で文楽を見る時はだいたいこんな感じ。東京公演はいつも満席で、入手困難だというのに……。

これもまた、「地元」であるが故なのかもしれないなぁと、私は思ったことでした。大阪の人にとって文楽は、「いつでも見に行ける」と思うことができる芸能。「いつでもそこにいる」と思うことができる配偶者と同様に、あまり丁寧にケアをしない、つまりはそれほど熱心に見に行かないのではないか。

東京の人も、その多くはスカイツリーや東京タワーに行ったことがありません。ギンザシックスや東京ミッドタウン日比谷にも、行っていない人がたくさん。「いつでもそこにある」と思うと「ま、いっか」という気持ちになるのでしょう。

しかし文楽の場合は、橋下《はしもと》市長時代、「そんなに面白くないし、人も集まらないみたいだし」と、補助金をカットされてしまいました。何のケアもしていなかった配偶者が突然「離婚したい」と言い出すように、伝統芸能もまた、続かなくなってしまうかもしれないのです。

こんな面白いものを見ないなんてねぇ。……と、私は文楽劇場の後ろの方で、「女殺《おんなころし》油地獄《あぶらのじごく》」を眺めていました。近松門左衛門《ちかまつもんざえもん》作のこのお話は、実話がベースとなっています。遊女に入れあげて金に困った若者が、知り合いの若妻に借金を頼みに行ったら断られたので若妻を惨殺、という身も蓋もない物語。

その若妻の家は、油屋でした。油に滑り、ぬめりながらの惨殺シーンに、一種の色気と迫力が漂い、人気の演目となっているのです。

ツルツル滑りながら若妻をメッタ刺しにし、若者が逃げていくところで、舞台は幕。伝統芸能であることは確かだけれど、何とアバンギャルド……と、いつ見ても思います。

若妻が殺された時、夫は集金で外に出ていました。夫が帰ってきたら、妻はもうこの世にはいないのです。いつ何が起こるかわからないからこそ、配偶者は大切にしなくちゃいけないよね。……と痛感しつつ、私はホームタウンへと戻っていったのでした。

秋田犬に会いたくて

「内緒だが蹴飛ばしたくなるときがある小股早足チワワの散歩」

という歌が、新聞の短歌投稿欄に載っていて、思わずニヤリとした私。いつも犬は好きなのですが、小型犬の可愛さだけは、どうにもよくわかりません。プルプル震えながら、まさに「小股早足」でちょこまか歩いている小型犬を見ると、イラッとした気分にも。

そんな自分は、人でなしなのではないかと、ずっと思ってきました。小さい犬を可愛がる人はとても多いのであり、

「チワワとかマルチーズとか、全く可愛いと思えない」

などという本音は、決して口に出してはいけない、と思い続けていたのです。

そんな中でこの歌を読み、「私だけではないのね」と思った私。チワワの飼い主と思しきこの歌の作者も、内緒だけれど「蹴飛ばしたくなるときがある」そうではあり

ませんか。

我が家でかつて飼っていた犬も皆、中型以上の犬でした。今は何も飼っていませんが、近所の公園に行けば、散歩をする多くの犬々に会うことができる。いつも夕方に会うセントバーナードには、いつも「ハグしたい。いや、されたい」という気持ちを抱きます。

そんな私は先日、秋田に行ってきました。秋田といえば、金足農業が甲子園で活躍したり、男鹿《おが》のナマハゲを含む日本の来訪神がユネスコの無形文化遺産に決定したり、秋田犬ブームになったりと、良いキャラクターが揃っている印象がある県。秋田としても、その辺りは十分に意識しているようです。観光パンフレットを見れば、秋田犬を前面に押し出したつくり。秋田犬に会うことができるスポットも、ある模様。ザギトワの影響で秋田犬の人気に火がついたのだと思われますが、昔から「秋田犬ランドがあればいいのに」と思っていた私は、秋田犬と会えることを楽しみに出かけたのです。

秋田犬の本拠地は、ハチ公の故郷である大館《おおだて》のようです。が、大館までは距離がある場所にいたので、秋田市の秋田犬と会うことができるスポットに行ってみることにしました。ああ、楽しみだなぁ。

……と、地元の新聞を広げてみたところ、私が行こうと思っていたスポットの営業が、なんと前日で終了していたではありませんか。秋田犬も、冬季はお休みするようなのです。

さらに新聞を読むと、人々と触れ合わなくてはならない秋田犬の業務は、かなりハードだった模様。ストレスからか、具合が悪くなってしまった犬もいたということです。

秋田だからといって、秋田犬がその辺をウロウロしているわけではありません。秋田犬に出会う確率は、秋田美人に出会う確率よりもずっと低い。秋田美人は、ちょっと街を歩くだけでもあちこちにいますが、秋田犬は、きちんと下調べをしないと会うことができないのです。以前も、五能線の鰺ヶ沢《あじがさわ》駅に行った時、ハチ公の次に有名な秋田犬「わさお」に会いたかったのですが、列車の乗り継ぎに間に合わず、断念したことがありましたっけ。

仕方ない、秋田犬グッズでも買うかな。……と土産物屋さんなどを見ると、グッズはたくさんあるのであり、お菓子からTシャツまで、秋田犬バブルが到来している様子。

しかしどれを見ても、残念ながら今ひとつ可愛くないのです。デザイン的に、いかにも惜しいものばかり。

私はナマハゲも大好きなので、「ではナマハゲグッズを」と思っても、こちらのデザイン事情もまた同様。格好いいナマハゲTシャツなどがあれば、いくらでも買うのに！

秋田小町グッズにしても、こけしグッズにしても、事情は同様でした。せっかくこれだけキャラクターが揃っているのだから、もう少し洒落たものがあればなぁと思いつつ、結局は無難に稲庭《いなにわ》うどんなどを買うしかなかったのです。

しかし今回秋田にて、もう一つ、いい感じのキャラクターを私は発見しました。秋田犬といえば忠犬ハチ公ですが、実は秋田には「忠猫」もいたのだそう。

忠猫がいたのは、明治時代の横手《よこて》でした。集落の人々のためにと地主が蔵に米を蓄えていると、ネズミが出没。すると飼い猫が一生懸命に退治し、ついには完全なるネズミ駆除を成し遂げたというではありませんか。

猫は雌でしたが、自身は一度も子を産むことなく、ネズミ駆除という責務にひたすら邁進《まいしん》したのだそうです。その生き様によって、忠猫として称えられるようになったとのこと。

せっせとネズミをつかまえる忠猫の姿を思い浮かべると、やはり「秋田」という感じがするものです。金足農業の吉田《よしだ》輝星《こうせい》くんの必死の投球にしても、忠犬ハチ公のお話にしても、秋田の人も動物も、まっすぐにそして愚直に、一つのことをやり遂げる気質があるのかも……。

などと思いますと、秋田犬グッズのデザインが今ひとつ、などとカリカリしている自分が、チワワ並みに小さく思えてきました。秋田犬のように泰然としていたいものよ、と思って視線を上げれば、美しい紅葉。また来るね。……と、まだ見ぬ秋田犬に、呼びかけたのでした。

「世継ぎ」は大変！

秋の京都へ、歌舞伎見物に行ってきました。耐震化工事のため三年ほど使用できなかった南座が、この十一月の顔見世興行から再開となったのです。

南座には、「まねき」と呼ばれる、役者の名前が書かれた看板が、ずらりと並んでいました。京都の人は、南座にまねきが上がると、「もうすぐ年末」と感じるとのこと。

江戸時代、歌舞伎役者と芝居小屋は、十一月から十月までの一年契約をしていたのだそうで、十一月は歌舞伎界のお正月のようなもの。「今年はこんな役者でいきますよ」というアピールが、顔見世だったのです。

新開場と顔見世が重なって、南座内外の空気は、沸き立つようでした。南座は東京の歌舞伎座よりも狭いですから、客席と舞台も近い。観客の着物着用率も、東京の歌舞伎座よりぐっと高い気がします。

夜の部では、松本白鸚《まつもとはくおう》、幸四郎《こうしろう》、染五郎《そめごろう》という高麗屋《こうらい》三代の襲名の口上が行われました。襲名披露は、今年の一月の歌舞伎座から始まって、日本各地の劇場で延々と続いているのです。

「イケメン」というよりは「美少年」という言葉が似合う染五郎さんは、まだ十三歳（二〇一八年当時）。南座公演のために、中学を一ヵ月お休みしているとのことでした。昼の部ではお父さんと「連獅子」を、夜の部では口上のみならず、父子三代で「勧進帳」をと、学校に通う方がよっぽどラクそうなハードスケジュールです。

昔は「歌舞伎の家の御曹司として生まれるなんて、いいわね。将来のことも心配しなくていいのだし」と思っていましたが、自分が大人になると、「家を継がなくてはならない人の方が、大変」という気がしてきました。

普通の仕事に就く人であれば、

「辞めます」

「転職します」

と、いつでも言うことができます。対して代々継がなくてはならない職業の場合は、そう簡単に辞めるわけにはいきますまい。過去から連綿と続く伝統の一部である限り、もし「向いてない」と思ってもその道を歩み続けなくてはならないし、次の世代へとバトンタッチする責務も負っているのですから。

口上において、「御贔屓様」に対してひたすら頭を下げ、さらなる「精進」を誓う高麗屋三代の姿を見ていると、つながっていくことの目出度さを寿《ことほ》ぐ気持ちと同時に、

「大変ですね……」

と、慰撫したいような気持ちも湧いてきます。ここ十年ほど、歌舞伎界のスターが次々と世を去ったり、重病になったり、怪我を負ったりしていますが、強いプレッシャーの下で働きすぎのせいではないかと思うから。

代々継いでいかなくてはならない仕事は他にも色々とあって、最近は息子ではなく娘が引き継ぐパターンも珍しくありません。が、そんな時代でも息子が継がなくてはならないのが、歌舞伎の家と、天皇家。

天皇家もまた、来年には代替わりが行われることになります。高麗屋では、松本幸四郎は十代目とのことでしたが、来年襲名、ではなくて即位される新しい天皇は、第百二十六代とのこと。そのような家を継がなくてはならないプレッシャーとは、いかほどのものか。

歌舞伎の家と天皇家では、もちろん事情が違います。たとえば南座の顔見世にも出

演していた片岡愛之助《かたおかあいのすけ》さんは、歌舞伎の家の生まれではありません。大阪で工場を営む家に生まれ、子役から歌舞伎の世界に入って、やがて片岡秀太郎《ひでたろう》の養子となったのです。このように、養子が継ぐという線も、無くは無い。

対して天皇家において、そのような手を使うことは、今のところ不可能です。どれほど優れた人がいても、

「では養子に入って天皇になってください」

ということにはならないのです。

歌舞伎役者の場合、結婚相手を見つけるのも、おそらく皇族よりは簡単そうです。歌舞伎役者がモテるというのは、今までの様々な例を見てもよくわかること。

「歌舞伎役者の妻になって、綺麗なお着物を着て、劇場のロビーに立ちたーい！」

と夢想する女性は、たくさんいるのです。

「皇族と結婚して、ローブデコルテを着たーい！」

と思う人もいるかもしれませんが、その時にのしかかる責任は、歌舞伎の家の比ではないわけで、もし白羽の矢が立ったとしても、尻込みをする女性は多いでしょう。

これから結婚する男性皇族は、秋篠宮家の悠仁《ひさひと》さましかいません。彼の結婚問題は、どうなるのかしら。女性皇族の結婚も、色々と大変よねぇ。それはそうと、染五

郎くんは可愛かったわねぇ。

……なーんていうことを、歌舞伎が終わった後、祇園でごはんを食べながらあれこれ言い合うのは、世継ぎのことなど考えずにいられる庶民の娯楽です。歌舞伎役者の皆さんは、祇園でたいそうモテるそうだけれど、まぁ色々なプレッシャーを抱えているのだから、羽も伸ばしたくなることでしょう。かつては祇園でモテていた皇族男性もいた、などという噂話を聞くこともあるわけで、夜の祇園は様々な懊悩を優しく包んで、忘れさせてくれるようなのでした。

がん患者の孤独

死ぬまでセックスをしろ、と少し前まで読者にハッパをかけていた『週刊現代』ですが、気がつくとその手の記事は減って、病気とか薬の話題が多くなっていました。確かに、健康でなければセックスもできぬ。テレビでも、昨今は健康番組がぐっと増えてきました。週刊誌やテレビといったクラシックなメディアに接しがちな人々は今、健康のことが何よりも気にかかるお年頃なのでしょう。

私も健康話は気になるタイプなのであり、いつも朝に見ている『とくダネ！』で、司会の小倉智昭《おぐらともあき》さんが、

「明日から、治療のためしばらくお休みします」

といったことをおっしゃったのを見て、しんみりとした気持ちになりました。膀胱がんのため、膀胱の全摘出手術を受けるとのことでしたが、毎日見る番組の出演者というのは、視聴者にとっては身内感覚。「頑張ってほしい」と祈りつつ、テレビを見

ていたのです。

小倉さんは、かなり詳細に自らの病状をテレビで語っていました。手術後はしばらく、尿もれの可能性があるので、おむつや尿もれパッドを使用するだろう、といったことまで。

芸能界で生きる小倉さんにとって、そういったことをテレビで言うには勇気が必要だったと思います。が、多くのがん患者の方々にとっては、「一緒に頑張ろう」という気持ちになる発言だったのではないか。

ひと昔前までは、がんという病気を本人には隠すケースがままありました。

「夫には、胃潰瘍って言っているのよ。がんだなんて言ったらあの人、それだけで死んじゃうから……」

といった感じで、家族が必死に嘘をつき通したりしていた。

しかしその後、がんとの取り組み方は変わりました。私も昨年、家族をがんで亡くしましたが、病名の告知もさらっと本人に対して行うし、その後の病状についても逐一、本人に報告された。

患者はそれを聞いて、自分で考えて治療に取り組むこととなります。胃潰瘍などと嘘の病名を聞かされているよりは、その取り組み方も真剣になることでしょう。

中年となって以降、身の回りにがん経験者が増えてきました。病気を隠してきた人の場合は、

「亡くなられました。がんだったそうです」

と突然聞いて、驚くことも。

後から思えば、あの時のあの方は、既にがんの治療中だったはず。その方に対して私は、

「ちょっと痩せました？」

などと無神経な発言をしていた……、と後から気付いてしまったことも。

対して小倉さんのように、周囲に対して病状をオープンにする人もいます。

「今、治療中なのよ。だからこれはウィッグ」

と、何気なく伝えてくれる人もいましたっけ。

しかしその時も私は、どう応えていいのか迷ってしまったのです。ウィッグはとても素敵だったけれど、

「似合う！」

と褒めていいのか、と。相手の明るさに同調していいのか、わからなかったのです。

がんに限ったことではありませんが、そういった意味でも患者さん達は、孤独なのだと思います。患者さんとそうではない人との間には薄い膜のようなものが張っているのであり、その膜は家族の間であっても、取り払うことができなかったように思うのです。

そんな人達にとって小倉さんのような存在は、心強いのではないでしょうか。手術前の放送においては、最後まで普通に番組を進行し、番組の終わりになってから淡々と、時にユーモアを交えて、病状を語られた。それを見て、「近くにいる健康な他人」よりも「テレビの向こうの小倉さん」にシンパシイを抱いた人は、多かったものと思います。

最近は、有名無名にかかわらず、SNSなどでもがんを告白する人がいます。そういった人々の存在も、孤独を抱える他者を励ますものになっているのだと思う。

生涯のうちにがんにかかる人は二人に一人の確率という、今。身内にがん経験者がいない人は珍しいことでしょう。そして私も先日、女性の死亡率ナンバーワンだという大腸がんのことが、急に心配になってきたのです。

「そういえば、今まで一回も大腸内視鏡検査って、受けたことがないし……」

と、猛然と検査申し込み。がんばって下剤を大量に飲んで検査に臨むと、結果はシロでした。

検査前は、頭の中を色々な考えが巡りました。がんだったならば、あの仕事はどうしよう。出張には行けるのか。病気のことを誰に言おうか……、などと。かつて知り合いのがん患者さんが、

「前日までは普通の人だったのに、がんっていう診断が出た瞬間から、『がん患者』になっちゃうんだよなぁ」

と言っていたことを、思い出しました。

身体や病気については、究極のプライバシーでありつつ、誰かに「わかる」と共感してほしい話でもあります。自分が病を得た時に、どのような姿勢をとるのかは未知数ですが、せめて今は、健康であるからこその傲慢さだけは、自覚しておきたいと思うのでした。

子供に迷惑をかけたくない！

ご近所でばったり会った、我が母親のママ友。私も子供の頃からお世話になってきた方なのですが、何だかやたらと元気そうです。

夫に先立たれた後、「この先、子供達に迷惑をかけたくないから」と、七十代半ばにして自ら施設に入った彼女。

「今日はお稽古事があるから、出て来たのよ」

ということです。思わず、

「すっごく、お元気そうですね」

と言うと、

「わかるぅ？　施設が天国みたいに楽しいの。私、割と若くして入居したじゃない？　だから、ほとんどアイドル扱いなのね」

とのことだそう。

確かに彼女は、家にいた時よりも明らかに美しくなって、キラキラと輝くよう。

「順子ちゃんも、いつでも見学がてら遊びに来て！」

と、颯爽と去っていきました。明るい方なので、施設でも人気者になることは予想されていましたが、これほどまでとは……。

数日後には、ご近所の奥様、といっても七十代後半の方から、

「積もる話があるから、聞いてくれない？」

と、ランチのお誘いが。指定のお店に行くと奥様は、堰《せき》を切ったように話し始めます。

奥様は、自宅で夫と二人暮らし。しかし夫は既に要介護認定を受けており、ほとんどのお世話を奥様が引き受けています。先日は夫が自宅で倒れて緊急入院、一時は命も危ぶまれたのだけれど、持ち直してきた、と。

「よかったですねぇ！」

と言えば、愛情深い奥様は、

「本当にそうなのよ」

と、微笑みます。

しかし、喜んでばかりもいられないようです。このまま退院となったなら、「もう私では面倒を見きれないと思うの。胸が痛むけれど、施設に入ってもらうしかないのかな、って」

と、肩を落とすのでした。奥様も、身体のあちこちに不具合がある身。夜中に何度も起きてお世話をする日々は、もう限界なのだ、と。

「そうですよ、まずはご自分の身体を大切にしなくっちゃあ!」

と、私は激しく同意しました。が、奥様は、

「でもそれを娘に言ったらね、『ママ、もっと頑張れるんじゃない?』って言われたのよ……」

と、暗い顔をされるではありませんか。

遠くに住んでいる娘さんは、ご両親の様子を日々、見ているわけではありません。奥様の方も、「娘に心配をかけてはならない」と、介護の大変さを語らないらしい。だからこその「もっと頑張れるんじゃない?」という発言なのでしょう。

娘さんの発言にショックを受け、誰かにぶちまけたくなって、奥様は私をランチに誘ったものと思われます。娘に介護のつらさを語ったら、「手伝ってほしい」という意思表示となってしまう。だから愚痴は他人に言うしかないけれど、そうなると娘は

何も知らないまま……。

娘さんと同世代の私としては、詳しい事情を聞かされていないが故にその発言となった気持ちも、わかるのです。

「もっと娘さんに、色々とお話をされた方が、いいかもしれないですね」

と言うことしか、できなかったのでした。

今の高齢者達の、「子供に迷惑をかけたくない」という気持ちは、強固です。ましてや子供の配偶者に迷惑をかけるなどとんでもないわけで、昔のように「介護はヨメがして当然」という感覚も、薄れています。そして介護サービス等も、「他人様に迷惑をかけるなんて」という気持ちから、利用しない人も多い。

そんな時、ドキュメンタリー映画『ぼけますから、よろしくお願いします。』を観ました。一九六一年生まれの信友直子《のぶともなおこ》監督が、広島・呉《くれ》に暮らす八十代と九十代の両親を撮ったこの作品では、お母さんが認知症に。症状が進むにつれて、できないことが多くなると、それまで家事は一切していなかったお父さんが、九十五歳にして、料理や縫い物、妻の下着の洗濯までこなすようになっていく……。

お父さんの身体も、弱ってきています。腰が曲がって歩くのも難儀なのだけれど、「男の美学じゃ」と、重い買い物袋を下げて、少しずつ歩を進める。お父さんは、自分は戦争のせいで好きな道に進むことができなかったので、東京で働く娘には、介護で仕事を諦めないでほしいと思っているのです。

お父さんの姿からは娘に対する愛情が滲み出て、私の目頭は熱く。しかし現実の介護は、そんなうっとり感で解決することはできないこともまた、ひしと感じられました。

我が親は二人とも、後期高齢者になる前に他界したので、私は介護の苦労を知りません。そんな私に、親の友人達は皆、

「本当に、子孝行だったわね」

と言います。今、「子供に迷惑をかける」ことにとてつもない負担を感じている彼達は、そんな負担を知らずに他界した私の親のことを心底、羨ましく思っているのです。

子の面倒を見ることに生きがいを感じていた人達は、子から面倒を見られることが苦痛。その苦痛の深さを、子供世代はまだわかっていないわけで、それは我々が介護される側になった時に、初めて知ることになるのでしょう。

「応援上映」に行ってきました

噂には聞いていましたが、初めて行ってきました「応援上映」。すなわち映画の上映中に、拍手をしたり声を出したり、一緒に歌ったりしていいという、あれ。日本では二〇一六年頃、とあるアニメ映画においてその手の形式が採られたのがブームのきっかけだという、応援上映。アニメファンではないのでとんと縁が無かったのですが、このたび『ボヘミアン・ラプソディ』で初体験の運びとなりました。

クイーンのボーカル、フレディ・マーキュリーの生涯を描いたこの映画。私も公開早々に観て、目頭を熱くしてきました。その時も、往年のヒット曲の数々を耳にして「歌いたいっ」という気持ちが湧き上がったのですが、その時はあいにくの普通上映。口パクで、

「ママミアママミア！」

などと歌っていました。が、その後応援上映が始まったというではありませんか。

応援上映では、サイリウムの持参やコスプレもOKとのこと。フレディのように、白いタンクトップを皆で揃えて観にくる人もいるといいます。

白いタンクトップは寒くて無理だけれど、クイーンのTシャツなら我が家にもある。紫のTシャツに黒の細身のパンツとブーツにライダースジャケットという、ロック度の薄い存在感の私からするとかなりギンギンな扮装で、夜の歌舞伎町に駆けつけました。師走の歌舞伎町の猥雑さも、フレディ・マーキュリーの猥雑さとベストマッチ！

どんなコスプレの人がいるのかしら、と楽しみにシアターに入ると、誰もが普通の格好をしていました。アニメの応援上映に行く人は、かなり派手な応援コスプレをしている場合がありますが、クイーンファンはそこまでではないのか。私が一番、コスプレ感高いかも。

応援上映と言っても、おとなしい人が揃っているとしーんとしている時もあるらしいので、そんなだったらつまらないなぁ。……と思っていたのですが、しかし映画が始まる時にはまず拍手！　そして歌が流れる時は歌詞の英語字幕が出るので、カラオケ気分で歌唱！　そして最後の「ライヴ・エイド」のシーンでは、サイリウムが光り、手拍子や掛け声などで盛り上がったのです。

映画館でフレディに対して、

「ヒューッ！」

などと声をかけつつ思ったのは、「私、これがしたかったのかもしれない」ということでした。歌舞伎では、大向こうの方々が、

「成駒屋！」

などと声をかけるわけですが、おおいに盛り上がっている時など、「ああ、ここで屋号を叫ぶことができたら気持ちいいだろうなぁ」と思うことがしばしばあります。しかし歌舞伎における声かけというのは、素人が気軽にできるものではありません。芝居を盛り上げるために声をかけるタイミングはきっちりと決まっており、歌舞伎通達の団体に参加している人達のお役目、ということになっている。

さらには、その人達はほとんどが男性。相撲の土俵並みの、女人禁制ルールがあるのかもしれず、歌舞伎ではしーんと観ている私なのです。

だからこそ楽しかった、応援上映は、日本人には非常に合っている気もしました。観客が応援している対象は、生身のフレディ・マーキュリーではなく、映画です。ですから、外国人ミュージシャンのライブの時のように「日本人の観客はノリが悪いって思われているんじゃないかしら」などと、演者の心理を慮って頑張って応援したり

する必要はありません。

また映画館は暗闇なので、叫んだり歌ったりするのも、あまり恥ずかしくない。さらにはオールシッティングなので、応援もラク。……ということで、シャイな日本人でも安心して弾けることができるシステムなのです。

『ボヘミアン・ラプソディ』は、往年のファンのみならず、今時の若者も観て感動しているとのこと。私が行った回にも、若者の姿が多く見られました。

懐かしむという感情は無くとも、彼等は早世したロックスターの物語を、純粋に受け入れている様子。そして彼らは、応援上映というシステムも、自然に楽しんでいました。往年のクイーンファンは、最初はおずおずと声を出し、次第に盛り上がる感じでしたが、若者は慣れているムードだったのです。

昨今は、皆と「場」を共有する消費活動が流行りです。CDは売れないけれど、ライブやフェスは盛況。野球中継の視聴率は悪いけれど、スタジアムの入場者数は増。そして家族や恋人と過ごすクリスマスよりも、皆で騒ぐハロウィンの方が盛り上がる、というように。

だからこそ映画館もまた、「皆との一体感」を得る場と化しているのでしょう。これからも、一体感目当ての映画が多く制作されるに違いない。

そして、「場」の消費の後につきものなのは、「皆でのゴミ拾い」。サッカーの試合後もハロウィンの後も、日本人は後戯のようにゴミ拾いをするわけで、今やゴミ拾いは日本人の特技。私も映画終了後、思わずゴミ拾いをしそうになりましたが、とはいえお行儀のよい中年層が過半を占めるこの映画、さほどゴミは落ちていなかったのでした。

〈追記〉コロナ時代、かつては声を出して「映画」を観ることができたという事実が、嘘のように感じられる。

もう一人の酒井順子さん

「宝石箱や〜！」

でお馴染みの彦摩呂《ひこまろ》さんに対して、私は格別の親しみを抱いています。何故ならば私は、彦摩呂さんと同年同月同日に生まれたから。

同い年の人というのは、初対面であっても仲間意識がめばえがちです。それが全く同じ日に生まれたとあっては、ほとんど運命を感じるというもの。グルメレポーターというお仕事のせいもあってか、体重増加が止まらないように見える彦摩呂さんをテレビで見ると心配が募り、

「お願いだから、身体は大切にしてほしい……」

と、我が事のように思うのでした。

何かが「同じ」という人に対しては、このように親しみを抱きがちなのが、我々。だからこそ、同級生とか同期、同郷といった「同」がつく仲間とは仲が深まるので

す。

そして私、このたび人生で初めて、とある部分が「同」な人と、お話をすることができました。それは他でもありません、「同姓同名」さん。

いそうでいない、私の名前。今までの人生の中で、同姓同名の方とお会いしたことはありません。そんな中で、自分以外の酒井順子さんとお話をするきっかけを作って下さったのは、田中宏和《たなかひろかず》さんでした。

田中宏和さんは会社員の傍ら、自分と同姓同名の人を集めるという「田中宏和運動」を主宰している方。年齢も職業も様々な田中宏和さんを現在一四〇人集めることに成功しているという、いわば同姓同名界の第一人者です。

彼とは以前からの知り合いであり、田中宏和運動のことも知ってはいたのですが、自分とは関係の無い世界だと思っていました。が、彼がパーソナリティを務める『渋谷の田中宏和』というラジオ番組にゲストとして呼ばれた折、「単に出演するだけでは面白くなかろう」と、思ったのです。

そこで頭に浮かんだのは、かねて気になっていた、もう一人の酒井順子さんのことでした。エゴサーチなどしてみたとき、どうもこの世には、ジャズピアニストをされている酒井順子さんがいらっしゃる、ということを知っていた私。せっかくなので、そちらの酒井順子さんもお呼びしてはどうか、と提案してみたのです。

調べてみたところ、ジャズの酒井順子さんは、ニューヨークにお住まいとのこと。スタジオに来ることはできないけれど、電話出演してくださるということになったではありませんか。酒井順子さん、いい人だ〜。

番組では、メインパーソナリティの田中宏和さんの他に、もう一人の田中宏和さんがいらしていました。いよいよニューヨークの酒井順子さんと電話が繋がると、二人の田中宏和と二人の酒井順子が入り乱れてのトークに。

どうやらジャズピアニストの酒井順子さんは、私よりもグッと若そうな感じ。ニューヨークのジャズクラブなどで日々、演奏されているのだそうです。

海外はおろか、東京以外にも住んだことがない私としては、同姓同名の方がニューヨークで活躍しておられるということに、心が弾みました。彼女はアルバムも一枚出しているのですが、自分と同じ名前が記してあるCDジャケットを見れば他人とは思えず、応援する気満々に。番組ではもちろん、彼女の曲をかけました。

また、名前のせいで、

「負け犬？」

などと、いわれのない揶揄などされてはいまいかと心配していたのですが、

「大丈夫ですよ〜。むしろ子供の頃、本屋さんで自分と同じ名前の方の本を見て、嬉しかったです」

とおっしゃってくださる酒井順子さん、やっぱりいい人だ〜。

同姓同名の方とお話をするという体験は、このように思った以上に楽しいものでした。放送後、二人の田中宏和さんと一緒にランチなどしつつその興奮を語ると、

「そうでしょう、そうでしょう」

と、同姓同名界の先達は、声を揃えます。何せ彼らのお仲間は、一四〇人。様々な業界に田中宏和ネットワークは広がっており、その親交も深まっている様子です。

かつては田中宏和運動全国大会というものも開かれ、同姓同名の集まりの世界記録にも挑戦したのだそう。その時は、アメリカの「マーサ・スチュワート」さん（料理研究家の人が有名ですが、同姓同名界でも有名らしい）が一六四人集まったというギネス記録を塗り替えられなかったそうなのです。が、二〇二〇年にはまた全国大会を開催し、ギネスに挑戦するとのことではありませんか。

そんなわけで、我こそはと思うタナカヒロカズ（漢字は問わないみたいです。そういえばマーサ・スチュワートは漢字ではないわけで、音だけで同姓同名とみなされるそう）さんは、参加してみてはいかがでしょうか。

これはまさに「田中」という平凡な苗字であるからこそ、成せるわざ。「世界に一つしかない名前」も素敵でしょうが、同じ名の人達と結ぶ絆は、意外な心の高揚をもたらす。……ということで、ニューヨークの酒井順子さんがご帰国の折は、

「必ずライブに行きましょう！」

と、田中宏和さん達と誓ったのでした。

〈追記〉田中宏和運動に参加する田中宏和さんはその後、一五五人に増加。二〇二〇年にギネスに挑戦することは叶わなかったが、再度の挑戦が俟《ま》たれる。

新元号を予想してみました

平成三十年に最も流行った言い回しは、「平成最後の○○」というものかと思います。しかしそれが流行語大賞にノミネートすらされなかったことに、不満を感じている私。「平成最後の夏」から始まって、老若男女がこぞってこの言い方を楽しんだと思うのになぁ。

平成も終わるということで、次の元号は何になるか、皆さん気になるところかと思います。新元号が何になるか、予想する動きも盛んな模様。

山手線の新駅が「高輪ゲートウェイ」になる時代に元号を予想するのは、容易ではありません。しかし一つだけ私が予想するとすれば、それはズバリ、

「濁音が入る」

ということ。

「平成」という字面も「へいせい」という読み方も、シュッとしていてスマートな感

じはしました。が、シュッとしすぎて力強さには欠けた印象が。

振り返ってみれば、「平成」のみならずその前の「昭和」も「大正」も、濁音の無い読み方でした。「じ」という濁音が入っていた「明治」の時代から、濁音無しの三つの時代が続く間に、日本はどんどん軽ーくなってきてはいまいか。ここらで一つ、力強い響きがある濁音が含まれた元号を採用して、時代を引き締めてみるのはいかがか、と思うわけです。

歴代の元号を見てみると、濁音が入っているものはたくさんあります。特に「元」や「文」は多く使用されており、「元文《げんぶん》」とか「文治《ぶんじ》」といったダブル濁音元号もある。

「元」でも「文」でもそうですが、濁音はしばしば、「ん」とセットになって登場します。濁音＋「ん」という組み合わせが、さらなる力強さを感じさせるものなのであって、人名で言えば「信玄《しんげん》」とか、いかにも強そうではありませんか。

濁音は、いかにも男性的な響きになりがちではあります。が、レディー・ガガみたいな人もいることですし、今やそうとも言えないのかも。どうでしょう、意表をついて「峨峨《がが》元年」とか。峻厳な雰囲気が漂うと思うのですが。

「へーせー」という気が抜け気味の響きのせいもあってか、平成時代の日本は、長きにわたって不景気に苦しみました。今ひとつ、躍動感にも欠けた。……のであれば、濁音も良いけれど、半濁音すなわち「ぱぴぷぺぽ」を使用するという手も、あるかもしれません。

濁音と比べ、元号に使用される機会が少ない半濁音ですが、全く無いわけではありません。「天保《てんぽう》」「寛保《かんぽう》」「文保《ぶんぽう》」のように、「ぽ」がたまに、顔を出します。また、「天福《てんぷく》」のように「ぷ」が、そして「天平《てんぴょう》」のように「ぴ」が使用される場合も、あったのです。

半濁音のパワーで、時代に弾けた雰囲気をもたらしてみるのもまた一興。まだ「ぱ」の音は使用されていないような気がするので、いっそ「元白」と言った並びで、濁音と半濁音を並べてみるのもどうか。

あくまで音の印象で私は語っておりますが、音の問題は無視できないものがあります。例えば以前、

「名前に『ら行』が入っている女性は、美人が多い」

という説を聞いた私。麗子《れいこ》、理沙《りさ》、瑠璃《るり》……と「ら行」ネームを持つ友人知人を思い浮かべてみると、確かに美人が多いではありませんか。「らりるれろ」の響きは、流麗な美と色気を感じさせるのであり、ずっとその名前で呼ばれ続けることによって

変化する意識は、あるような気がしてなりません。それは「じ」という濁音と「ん」、両方が入る力強い名である「じゅんこ」とは全く違う意識。

そんなわけで、力強く日本が躍動していくべく、次の元号には濁音、「ん」、そして半濁音の採用を予想、というか希望している私。そんな話をしていると慶應大学出身の友人が、

「新しい元号になったら、また新しい大学ができるんだね」

と言っておりました。

確かに、元号がついた大学名は多いものです。平成大学は無いようだけれど、平成なんとか大学とか、なんとか平成大学はある模様。大正、昭和、明治についても、それぞれ大学がありますね。

「でも、元号系大学の元祖といったら、やっぱりウチでしょう」

と、慶應大学出身者はさらに語っていました。「けいおう」はどちらかといったら「へいせい」寄りの響きですが、気が抜けた感じもなく、しっかりブランドイメージを確立している、人気の大学なのです。

慶應、明治、大正、昭和の各大学は、命名時の元号が大学名になっているようです。慶應という成功例を見て、その後も元号系大学が設立されていったのかもしれま

せん（ちなみに明治学院大学も、明治期の設立）。信用金庫とか元号が決まったならば、またその元号を戴いた大学ができましょう。もできるに違いない。

で、次の元号の予想は、「峨峨」と「元白」の二本立てで行こうかと思っている私。峨峨大学、元白大学、どちらも結構イケる字面ではないか。箱根駅伝にも、数年頑張れば出られそうなムードが漂うのではないかという気がしているのですが、どうですかね……。

〈追記〉私の予想は見事に外れ、濁音も「ん」も半濁音も入らない「令和《れいわ》」が採用された。新型コロナのパンデミックによって苦難のスタートとなった令和。令和大学や令和信用金庫は、今のところ見当たらない。

路上の落とし物

それは、昨年の大晦日《おおみそか》の朝のこと。「今年はまずまず、穏やかな年であった……」などと思いつつ、私は家の外を掃くために、箒とちり取りを持って外にでたのです。すると路上に、何やら見慣れぬものが、存在していました。落ち葉でもなければ吸い殻でもない。吹き飛んできた紙屑でもないこの存在感は何なのかしら。……と、少し近づいた瞬間にそれが何かわかってしまった私は、目眩に見舞われました。すなわちそれは、カタカナ二文字で書くことがちょっと憚られる、人が「リバース」した後のものだったのです。

おそらくは前日の夜、忘年会で酔っ払った人が我が家の前で気持ちが悪くなって、路上でリバース。そのまま放置して行ってしまったのでしょう。人は道の真ん中ではその手の行為はしないものであり、それは我が家の塀際に残されていました。

大晦日に、こう来たか。……と、私は思わず天を仰ぎました。が、自分の家の前に落ちているものは、自分で処理するしかありません。その道を歩いていた人ということは、おそらくご近所さんなのだろうけれど、犯人探しをしたとて、どうにもなるまい。もちろん、大晦日にそのようなものを放置しておくこともできません。

意を決した私は、厚手のゴム手袋にマスクで完全防備し、ブツに立ち向かいました。路上の○○を処理するなど、生まれて初めて。スコップ、ビニール袋、デッキブラシ、バケツに水。……といったものを用意し、

「これは神様が落とされたものなのだ」

と、自分に言い聞かせながら、そしてはっきりと目視しないように薄眼で処分。完遂した時は、ある種の達成感を覚えたことでした。

作業をしつつ私は、「駅員さん達は、毎日のようにこのようなことをしているのだなぁ」と思っていました。忘年会や新年会のシーズン、電車にも駅にも、酔っ払いがいっぱい。今にもリバースしそうな雰囲気を漂わせながら、よろよろと歩く人もいます。そんな人達が残した「結果」を、駅員さんは日々、処理しなくてはならないのです。

駅員さんばかりではないでしょう。飲み屋街の路上等にも、「結果」はしばしば見られるはず。それも誰かがいつも処理してくれているのであり、皆が嫌がる作業を、

人知れず黙々とこなしている人は、たくさんいるのです。

大晦日の朝は特殊な例ですが、日々、家の前を掃いていると、人は道に色々なものを落としていることがわかります。我が家は普通の住宅街に位置しているのですが、タバコの吸い殻などは、日に何本も落ちている。ペットボトルや空き缶、コンビニおにぎりやお菓子のゴミ、今の季節はマスクやティッシュも落ちています。

人の落とし物のみならず、犬のフンがあることも。しかし今時の犬は一人歩きをしませんから、フンもまた飼い主の落とし物ということになりましょう。

またある時は、家の前になぜか、スーツの上下が脱ぎ捨ててあったことがありました。酔っ払いが家に着いたと勘違いしてつい、そこで脱いでしまったのではないか。そう推察し、警察に届けずにスーツを道端に置いておいたらいつの間にかなくなっていたので、脱いだ人が朝に気付いて、ピックアップしていったのでしょう。

このように路上には、色々なものが捨てられたり落とされたりしているのですが、しかし昔の日本ではもっと、人はポイポイと物を捨てていたようです。立ち小便や痰《たん》を吐くといった行為もしばしば行われていたのが、一九六四年の東京オリンピックを機に、「外国の人がたくさん東京に来るのだから、街を綺麗にしましょう」という動きが盛んになった模様。

今となっては、立ち小便をする人は全く見なくなりましたし、痰を吐くのも非文化的な人、というイメージに。喫煙率が低くなって吸い殻の総量が減ったと思われると同時に、JTの喫煙マナー向上キャンペーンもあって、喫煙者でも携帯灰皿を持ち歩く人が増えました。

しかしまだ、人が見ていない場所において、「ま、いいか」と捨てたり落としたり出したり吐いたりする人は、存在します。そして他の誰かが、それを粛々と処分しているのです。

日本は世界の中でも清潔な都市と言われています。が、二〇二〇年の東京オリンピックに向けて、公衆衛生に対する意識をさらに高めましょう、というキャンペーンが、今回も行われるかもしれません。

どうか皆さんにおかれましては、バッグの中には常にレジ袋を一枚入れておいていただいて、ゴミを捨てたくなった時や、酔っ払って気分が悪くなった時に、その袋を活用していただきたい。マイバッグとしても、使用可能ですし、いざという時に「持っててよかったレジ袋」となることは請け合いです。

それが何であっても、自分が落としたものは自分で持って帰ってもらいたいものだと、この大晦日に切に思った私。……なのですが、そんな時、外出から帰って気づけば手袋が片方、なくなっていました。どこかの路上で落とされたままになっているかも知れない我が手袋、果たして誰か拾っておいてくれるかなぁ……。

〈追記〉新型コロナによって一年延期され、基本的には無観客での開催となった、東京オリンピック。訪日客は最低限に抑えられており、街の美化を促す動きは、全く見られなかった。

若者世界からの脱出

西野《にしの》カナさんというと、『週刊現代』読者とは最も縁遠い歌手かとも思いますが、彼女が無期限の活動休止を発表されたのは、記憶に新しいところ。そのニュースを聞いて、「若者相手の仕事をする人は、やはりそれくらいの年頃で一回、区切りをつけたくなるのだろうなぁ」と、思ったことでした。

西野カナさんと言えば、昔は女子高生の、今はＯＬさんのカリスマ。「女子」達の切ない恋心をくすぐるアイコイソングを作り、歌ってきました。

そんな彼女も、もうすぐ三十歳。若者に向けて延々とアイコイソングを作り続けるのも、疲れることでしょう。休みたくなるのも、無理のないところ。

西野カナさんの休養宣言を聞いて私が思い出したのは、スキージャンプの高梨沙羅選手でした。かつては連戦連勝だった彼女ですが、最近は勝利から遠ざかっており、試合前のインタビューの表情を見るだけでも、「勝つのは難しそう……」と予想されるようになってきました。

「モチベーションを保つことができない」

といった発言も、していましたっけ。

人気歌手としてずっとヒット曲を出し続けること。そしてトップアスリートとして、ずっと勝ち続けること。その疲労とプレッシャーは、いかばかりのものでしょうか。高梨沙羅ちゃんも、西野カナさんのように本当はもう休みたいのではないか。

男性の場合は考えずに済む出産のタイミングも、女性の場合は自らのキャリアの中に組み込む必要があります。そういえば先日引退されたレスリングの吉田沙保里選手も、

「女性としての幸せは絶対に摑みたい」

といったことをおっしゃっていました。この場合の「女性としての幸せ」とは、おそらく結婚・出産のことかと思われます。「ママでも金」はヤワラちゃんにも難しかったわけで、勝負の世界に生きる女性のキャリア構築は、その辺りが考えどころ。

中年レジェンドは一部に存在するものの、体力が勝負のアスリートは、基本的に若い頃にピークがやってきます。そういった意味では、若者に人気の歌手と同様に、アスリートも「若者の土俵で仕事をする人」。「この土俵にいつまでいたらいいのだろう

か」「いつ、そしてどうやって、別の土俵に移ればいいのか」と、若者から非若者へと脱皮する期間に、人は揺れ動くことになるのでした。

先日、アラサーの働く女性と話した時も、その辺りのことで悩んでいるようでした。一流企業で総合職として働いている彼女ですが、

「この先、どうやって働いていけばいいのかなって思うんですよね。そろそろ、『若い女です』っていう看板は下ろさなくちゃならないし、若さの勢いで仕事をする年でもない。でもこの先、管理職とかになるのはちょっと気が重くて。ずっとプレイヤーでいたいのに、他人の評価とか管理をしなくてはならないのは嫌だな……」

と。

その話を聞いて私は、「意外と変わっていないものだなぁ」と思っていました。昔の女性会社員とは違って、彼女達には仕事に対する腰かけ意識はありません。が、管理職になることには未だ、腰が引けるのだ、と。

日本では女性の管理職が少ないわけですが、女性の側が管理職を避けるケースも、少なくありません。市井で働く女性の中にも、若者の土俵からどう出たらいいのか、戸惑う気持ちがあるのです。

そういえば私も、十代でデビューして以来、ずっと「若者っていうのはこういうも

の」的なネタで書いていて、二十九歳頃にハタと「飽きた！」と思ったことがありましたっけ。高梨沙羅選手のように注目されていたわけではなかったけれど、「モチベーションが保てない」という感覚だったのだと思います。

その後、何とかもがいて、若者世界からずるずると脱出をしていった私。仕事をしている女性は誰しも、若者世界からの足抜けに、苦労するのでしょう。

が、西野カナさんも出ていた昨年の紅白歌合戦において、最後に桑田佳祐さんと一緒に歌い踊っていたユーミンを見てふと思ったのは、

「ユーミンは、一度も足抜けしていない」

ということでした。十代から歌手としての活動を始め、若者達にとってのカリスマとなった、ユーミン。しかしユーミンは、若者世界からの脱出に悶々とした様子もなく、休養宣言をすることもなく、「モチベーションが保てない」とも言わず、しかし自然と大人になって、現在まで表舞台で活躍を続けているではありませんか。

それは彼女が、道を拓く人であったからではないかと、私は思います。「女性活躍」などという言葉が存在しなかった時代から常に先端にいたから、「休む」とか「降りる」という思いが、浮かばなかったのではないか。どの世界でもそれは同様で、道を拓く女性達は、わき目もふらずに突き進み続けるものです。

してみると西野カナさんは、既にしっかりとした道ができている世界にいるからこそ、安心して休養に入ることができるのかも。しっかりと休んで、次は少し大人のアイコイソングを聞かせて欲しいものだと思います。

「ダサさ」への郷愁

とうとう私にも、『U.S.A.』を踊る日がやってきました。

忘年会シーズンは、DA PUMPの真似をして跳びはね、脚を痛める人が続出したと言います。が、「自分が『U.S.A.』を踊る機会は、よもやあるまい」と思っていたのです。

しかし先日、六本木のとあるショー・クラブに行った時、「よもや」の機会が、やって来ました。そこは、最小限の布しか身体にまとっていない、若くて綺麗なお姉さん達が、大勢で踊りまくるというショーが見られる場。ストリップではないので淫猥ではありませんが、生脚、生尻、生谷間が目の前を乱舞するのを見て、

「可愛い！」

「尻が上がってる！」

と、私は興奮して叫んでいました。

するとショーも佳境という時、女性客は舞台に上がるように、との指示が。素直に舞台に上がった私は、半裸のお姉さんと冬支度の自分とのあまりの違いに「こんな鼠色のセーター、着てこなきゃよかった」と思っていたのですが、それでもお姉さん達に言われるがままに身体を動かします。

やがて『U．S．A．』がかかれば、会場が一体となって、例の踊りが繰り広げられました。あのダサ格好よさは、この手の場を盛り上げるのにぴったりなのであり、皆は熱狂の渦に。私も、「まさかステージ上で踊るとは」と思いつつも、満面の笑みで踊っていたのです。

音楽に合わせ、親指を立ててクイクイと腕を動かしながら私は、

「ダサいって、楽しい！」

と、思っていました。この、単純動作の繰り返しという盆踊り寄りの楽しさを味わうのは、久しぶりだ……、と。

思えば日本ではずっと、「ダサさ」は撲滅しなくてはならない仮想敵のようなものでした。子供の頃は、衣服であれ家電であれ、世にはゴテゴテとしたデザインのダサいものが溢れており、シンプルでセンスが良いものは、少ない上に高かった。

それから日本は、せっせと「おしゃれ」への道を歩み続け、今となってはそこそこ

センスが良くて安い物を、どこにいても買うことができます。ユニクロ的な服を適当に合わせていればそれなりに見られるようになるので、びっくりするほどダサい人も、いなくなりました。

しかしそんな中で我々は、一抹の寂しさ、物足りなさを抱いたのではないでしょうか。全てがツルッとセンス良くまとまりつつある中で、「ダサさ」に対する郷愁のようなものが、湧いてきたのです。

ファッションの世界でも、ちょいダサブームが到来しています。「寅《とら》さん?」と見まごうようなジャケット。父親が履いているような、もっさり気味のスニーカー。そんなアイテムが流行っているではありませんか。

旅をしていても、おしゃれ観光地がどんどん増えてくる中、その手の地に飽きが来ている自分を感じます。最近は、どんな地に行っても、UターンやIターンの若者が作ったおしゃれカフェがあって、おしゃれ土産ショップがあって、おしゃれパンフレットが用意されていたりするのですが、ふと気付くと、どの地のおしゃれポイントも全て、似ているのです。

幸福の形は一つだが、不幸の形は様々だと言いますが、同じようにおしゃれの形は一つだけれど、ダサさの形はそれぞれなのかも。旅先においても、おしゃれ化の波に飲み込まれず、ダサさを保ち続けているポイントに心を惹かれがちな自分がいます。

かつては「撲滅したい」と思っていたダサさが今は新鮮に見えるとは、人間はわがままなもの。……と思うわけですが、おしゃれであることが当たり前となった今、「ダサさ」は一つの個性となっています。

テレビの世界でも、ハズキルーペのコマーシャルのダサさは、おそらく意図的なものでしょう。最初は、

「何なの、あのコマーシャル？」

と眉を顰める人もいましたが、シュッとしたおしゃれコマーシャルが多い中で、あのシリーズは私達に強い印象を残しました。今となっては、「次はどんなシチュエーションになるのか？」「ハズキルーペの上に座って『キャッ』って言うのは、次は誰になるのか？」と、次回作が楽しみにすらなっているではありませんか。

ハズキルーペの影響なのでしょう、最近はダサコマーシャルが増えてきているような気がします。街中で堂々とダサい人を見ると、何だか格好いいようにも思えてきました。

そういえば前述の六本木のショー・クラブは、ほぼ全ての階にディスコが入ってい

たことで有名だった、往年のディスコの中心地であるスクエアビルのほど近くに位置していました。その地帯に足を踏み入れたのは実に久しぶりだったのですが、「踊った後の、香妃園《こうひえん》の鶏煮込みソバが美味しいのよね……」などと、過去の夜遊びの感覚がフラッシュバック。

ディスコで踊っていた人々のギンギンな格好は、今思えば非常にダサいわけですが、そんなダサさにも今はちょっと胸がときめく気分。シンプルな鼠色のセーターはやっぱり夜の六本木には似合わないのであって、ますますもって脱ぎ捨てたくなってきたのでした。

落語とインフル

馬には乗ってみよ、流行にも乗ってみよ。……という教え（違う？）に従って、インフルエンザ大流行の今季、しっかり罹患《りかん》した私。人生三回目ということで、次第にその対応にも慣れてきました。

罹患した時は、少しホッとしたような気分にもなるのです。大流行ということで、うがい、手洗い等、ものすごく気をつけていた私。しかしとうとうキャッチされると、「もう逃げなくていいのね」という、逃亡中の犯人が逮捕された時のような気分に（違う型にまたかかることもあるようですが）。

薬を頓服すれば、程なく当初の熱やだるさはなくなります。後はひたすら引きこもっていればいいわけで、その引きこもり期間が結構、楽しいのでした。仕事も、普段よりかえってはかどるし、二時間サスペンスなどぼーっと眺めるのも楽しい。

しかしインフルエンザ判定が下った日の晩は、さすがに少々、つらかったものです。寝床で本を読むのも肩が冷えそうだし、かといって朝からずっと寝ているのでそう早く寝つくこともできないし、どうしようかなぁ。

……と考えていたところに、思い浮かんだのは、「落語」でした。アイロンかけなど、手以外は使用しない家事に勤しむ時、私はしばしば落語を聞いているのですが、こんな時も落語がいいのではないか、と。

何を聞こうか、とYouTubeを眺めつつ考えたのですが、こんな時は人情噺でホロリとするムードではない。もっと馬鹿馬鹿しい感じの噺がいいよね、となって思い浮かんだのが「地獄八景亡者戯《じごくばっけいもうじゃのたわむれ》」です。上方落語の大ネタですが、聞き手にとっては重い噺ではありません。サバにあたって死んだ男が、三途の川や賽《さい》の河原といったあの世をドタバタと巡り、最後は閻魔様の前へ、という荒唐無稽なストーリーなのです。

となればやっぱり……と、三代目桂米朝《かつらべいちょう》の映像を選び、それを聞きつつ寝床にイン。米朝さんがかなり高齢になった時の録画であり、「この噺は今日が最後になるかもしれない」といったニュアンスを漂わせていらっしゃいます。

「命がけの噺」と米朝さんはおっしゃっていましたが、これがインフルでクラクラしている頭には、誠に心地よい。自分も地獄めぐりをしているかのような気分になってきたところで、三途の川の辺りで昇天、ではなくて眠りにつきました。

薬の力とはすごいもので、翌日はググッと回復していた私。昼間は大人しく謹慎し、夜がやってきた時、「また落語が聞きたい！」という気持ちが満々に。

今日は何の噺にしようかなぁ、と考えると、「やっぱり死ネタ？」という気分に。人の死をも笑い飛ばす落語の中でも、死人の扱いが乱暴という意味ではピカ一の「らくだ」をチョイス。昨夜に続き噺家も死人、というか故人の中からということで、五代目古《こ》今亭《こんてい》志《し》ん生《しょう》で行くことに。

明治二十三年生まれの志ん生ですから、YouTubeに残っている録音も、明らかに高齢の時のものです。滑舌がはっきりしないでよく聞き取れないところもあるのですが、そこはさすが名人というもので、何を言っているのかわからなくても、そこはかとなく可笑しい。

「地獄八景亡者戯」の主人公はサバで亡くなりましたが、こちらの噺の主人公、というか主人体（最初から死体だから）は、フグの毒にあたってあの世へ。その死体が文楽の人形のように踊りを踊らされたり、漬物桶に入れられたりと、散々な扱いを受けます。

死者の尊厳などまるで意識していないこの噺は、死がカジュアルだった時代を感じさせます。昔は、今よりずっと人が早く寿命を終え、また人は自宅でポクポク死んでいたわけです。

我々よりもずっと死を身近に捉えていた時代の人々も、だからといって死が怖くなかったわけではありますまい。我々と同様、死に対する得体の知れない恐怖は抱いていたけれど、死を遠ざけてくれる医療は、今ほど発達していたわけではない。落語においては死を徹底的に笑うことは、この時代における死への対抗手段だったのではないか、という気がしてきました。

対して今は、人生が百年にもなるという時代。死はできる限り遠ざけるべきものであり、丁重に、そして荘厳に扱わなくてはならないものになってきました。そんな世においては、古典落語のように死を笑うことはできなくなったのではないか。

……などと、インフルでクラッとする中で思っていたのですが、そんな時、寝床でちんまりと落語を聞く自分の姿が、ふと「何かに似ている」という気がしたのです。それは誰なのかと考えてみれば、ほかならぬ自分の父親でした。

その昔、我が父はよく、寝床のラジオで落語を聞いていました。「おじいさんとかおじさんが一人で話すのを聞いて、何が面白いんだか」と私は思っていましたが、今となってはその気持ちがよくわかる。おじいさんとかおじさんの話は、ナイトキャップとしては最適なのです。

「寝る前落語」が、これから癖になりそうな私。夢の中に「地獄八景亡者戯」のような地獄の風景が展開しそうな気もしますが、もしも地獄があのような感じだったら怖くはないわけで、「寝る前落語」は死の予行演習にも、なるのかもしれません。

〈追記〉新型コロナの流行により、葬儀の簡略化が一気に進んだ日本。「元には戻らないで」と思っているのは、私だけではあるまい。

「ムラムラ」盗撮

国家公務員の男性が、電車で女子高生のスカートの中を盗撮して逮捕された、というニュースを見ました。容疑者は、

「ミニスカートの脚を見てムラムラした」

と述べたのだそう。

情けない行為であることは確かですが、私はその供述を読み、一種の潔さを感じました。彼が盗撮をした理由。それは、女子高生の脚に「ムラムラした」ということ以上でも以下でもありません。盗撮で捕まった時に変な言い訳をする人が多い中で、「ムラムラ」は実に正直な告白である、と思ったから。

ほとんどの人がスマホを持ち歩くということは、ほとんどの人が、いつでも写真を撮ることができるということです。「撮ろうと思えばいつでも撮れる」からこそ、盗撮の魔力に屈する男性は続出するのでしょう。

実は私も、「ムラムラ」に負けたことがあります。地下鉄に乗って吊り革につかまっていたところ、前に座っている男性が、知り合いのA氏に、ものすごく似ていました。一瞬、本人ではないかと思うほどの、激似っぷり。

そこで私はつい、「と、撮りたい……」と、ムラムラしてしまったのです。持っていたスマホを、カメラモードに切り替え。しかし写真を撮ったら「パシャッ」というシャッター音がしてしまうので、ごくさりげなーく、動画を撮ってしまいました。イヤホンをして自分のスマホをじっと眺めるその男性は、私の盗撮行為に気づいていません(多分)。さっそく、A氏のことを知っている友人知人にその動画を送信したところ、

「何この人！」

「似すぎ！」

といった返信がじゃんじゃんと……。

あの時、地下鉄で私の前に座っていたサラリーマンのあなた。こっそり撮ってしまって申し訳ありません。でも、画像の悪用は決してしておりませんので！

このような事例を見てもわかるように、世のあちこちで、盗撮は行われているのだと思います。前出の国家公務員のように逮捕されたり、また画像をネット上にアップ

する人は、ごく一部。水面下では、私的に愉しむための膨大な盗撮事例があるのではないか。

スマホ等の機器が発達したことにより、誰もが簡単に盗撮できる、今。しかしスマホなど無い世においても、盗撮行為は見られたものです。

あれは私の、高校生時代。女子校に通っていたのですが、文化祭に来た男友達が、

「あの男、絶対盗撮してる」

と、とある若い男性を指さしたのです。

その若い男性は紙袋を持っていたのですが、

「あの紙袋の下の方に、ちょっと穴が空いてるでしょ。あそこにカメラが仕込んであるんだよ」

と言うではありませんか。

「えっ！」と思いましたが、証拠をつかんだ訳でもありません。まだおぼこい女子高生であった私は、盗撮男子をそのまま泳がせてしまったのです。

当時は、女子高生のスカートが短くなりつつあった時代。私も、チェックのスカートを腰の部分で何重にも折って、闊歩したものでしたっけ。それまでは、女子高生のスカートはまだ長かったので、あの頃は女子高生のミニスカートに対する殿方の「ム

ラムラ」元年だったのかも。

　当時の盗撮は、スマホをスカートの中に向けるだけの今とは違って、かなり手が込んでいたはずです。フィルムカメラなりビデオカメラなりを紙袋に仕込むには、手間と技術が必要だったのではないか。

　擁護するわけではありませんが、しかしだからこそ今よりも、盗撮の醍醐味は強かったような気もします。撮ったフィルムはDPEに出すわけにもいかないでしょうから、自分でコソコソと現像したりして、女子高生の生脚やらパンツやらの、ちょっとピンボケの写真が浮かび上がってきた時、彼らの「ムラムラ」は昇華したのでしょう。

　対して様々なエロ画像がネットで手軽に見られる今、なぜ危険を冒してまで盗撮したいのか、という気もします。が、手軽にその手のものが見られる今だからこそ、盗撮に萌えたり燃えたりする人も、増えているのかも。

　ネットで見られるエロ画像は、見られるために撮られたものです。被写体は最初から、自分の肢体が他人から見られることがわかっており、「さあ見ろ」という姿勢。

　ある種の男性は、その手の画像に食傷気味なのではないかと、私は思います。AV女優が股を開いた姿より、市井の女性のパンツが見えるか見えないか、くらいの方にグッとくるという心理も、わからなくはない。それはきっと、動物園の檻の中で、人から見られるために飼育されるライオンを見るよりも、野良猫が目の前を走り抜けるのを見た時の方が嬉しい、という感覚と似ているのではないか。

ネット上におけるエロ画像の氾濫は、かえって男性の盗撮欲求を強めているのではないかとも思う私。しかし、盗撮ごときで人生を棒に振るのは、もったいなさすぎます。つい「ムラムラ」しても、スマホに手を伸ばす前に、家族やら仕事仲間やらの顔を思い浮かべて欲しいものよ、と思うのでした。

「最強の嫁」、美智子さま

平成という時代は、私の社会人人生と重なっています。大学を卒業する年に、昭和天皇が崩御。その約三ヵ月後、平成元年入社の新入社員として、私は社会に出たのです。

会社員人生は、短期間しか続きませんでした。が、その後もなんとか社会人として生き続け、三十年が経つのだなぁ。……と、天皇陛下御在位三十年記念式典を見ながら、私は思っていました。天皇陛下は私の父親と三歳違いということで、「我が父も、生きていたならこれくらいの感じ？」との感慨も。

式典では、陛下の「おことば」で原稿を間違えて読まれたことを、美智子さまが教えて差し上げていました。このシーンを見て思ったのは、「天皇陛下に何かを言ってあげられるのは、美智子さまだけ」ということ。

市井の八十五歳であれば、何か失敗をした時、子供や孫、介護ヘルパーなどが、

「あらあら、おじいちゃん。そうじゃないでしょ」
などと言うでしょう。しかし天皇陛下に対して、そのように言うことができる人はいまい。お立場上、上司や取引先から指導や叱責を受けるということも無いわけで、この三十年間ずっと、自分で自分の道を定めるしかなかったであろう、天皇。「象徴としての天皇像」を模索する道が果てしなく遠かった、というお言葉から、その孤独感が滲み出ます。

そんな天皇陛下の孤独を最もよく知っていたのが、美智子さまです。式典の時、たとえ陛下の間違いに気づいても、宮内庁の偉い人であれ側近であれ、あの場で「違いますよ」と言うことはできなかったでしょう。美智子さまにしか、あの指摘はできないのです。

同時にその光景は、美智子さまの強さを、印象づけました。間違いに気づいても、指摘せずに済ませるという手もあります。しかし美智子さまは即座に「言った方がよい」と判断された。

天皇皇后ご夫妻くらいの年齢層の夫婦の場合、夫が妻に対して強権を振るうケースが、ままあります。先日もある場所で、一つしかない椅子に当然のように夫が座り、立っている妻に持たせたスマホをずっと眺めている高齢男性がいました。どこか身体が悪いわけではなく、単にそうするのが当然と思っている様子。そして妻は、「夫に注意などしたら、その後がややこしいから、自分さえ我慢すればよい」と思って、数十年の結婚生活を過ごしてきた様子。

今の時代、その手の夫は「偉い人」ではなく、「格好悪い人」に見えてしまうものです。しかし天皇皇后夫妻の場合、天皇陛下が妻に強権を振るわないのはもちろんのこと、美智子さまも決して夫が格好悪く見えないように、ヘルプしているのでした。

たとえばお二人で歩く時は、美智子さまの手が天皇陛下の肘の辺りにあって、腕を組んでいるように見えるのです。それは「美智子さまが、天皇陛下を頼っている」ようなスタイルですが、実は美智子さまの手は、天皇陛下の腕を支えている。「お父さん、しっかりしてよ！」的な雰囲気を全く出さずして、実は強力に助けているのです。

そんな美智子さまを見て思うのは、「これぞ『嫁』の最終形態」ということでした。世の「嫁」達はしばしば、結婚した当初は外様的な立場でも、最終的には家の中で最もその家らしさを最も色濃くに身につけた人になるものですが、美智子さまこそその体現者。

いわゆる「出来た嫁」は、姑などからいじめられても、その家らしさを必死に身につけるものです。やがて舅が引退したり姑が死んだりすると、彼女はするりと「嫁」から脱皮。息子が結婚すれば、今度は嫁の指導者として、ますますその家の人らしくなっていくのでした。

高齢になれば夫の方が先に弱ることが多いので、かつては無力な「嫁」であった人が、最終的にはその家で最も強い権力を握ることに。……ということで「嫁」は、時の経過と共に在り方を変えて行く、出世魚のような存在なのです。

美智子さまも、日本一の旧家の嫁となって、様々な苦労をされたことでしょう。しかし今となると、人気実力ともに、あの旧家で屈指の存在になっている。

となると、今は「嫁」の立場にある雅子《まさこ》さまも、美智子さまが上皇后となられた時、一皮むける気がします。息子を持たない雅子さまは姑にはなりませんが、家における上司のような立場の天皇・皇后が一線を退かれることによって、少し楽になる部分はあるのではないか。

とはいえ天皇・皇后は、生存中に退位されるわけです。この世には存在しているわけで、雅子さまとしても、一皮むけるというよりは、半むけくらいの感覚なのか……。

美智子さまにとっての姑・香淳《こうじゅん》皇后は、夫である昭和天皇亡き後、九十七歳まで長生きされました。美智子さまも、六十五歳までは、「姑がいない」という状態ではなかったということで、嫁歴の長さもまた、美智子さまをより強くすることとなったのではないか。

理想の嫁としての美智子さまは、歴史に残る名皇后として、その名を刻むことでしょう。そんな「出来すぎた姑」の後を継ぐのもプレッシャーが強いかと思いますが、雅子さまにおかれましては先例にとらわれず、新しい皇后像を見せてほしいものよ、と思います。

祝・三陸鉄道リアス線開通！

昨年、仕事で岩手に行ったついでに三陸鉄道に乗りに行った時、三鉄の方からいただいた、一つのバッジ。そこには、二〇一九年の三月二十三日に、盛から久慈までを一本の線で結ぶ「三陸鉄道リアス線」が開通します、ということが書いてありました。

私は愛用のリュックサックにそのバッジをつけて、その後、「三陸鉄道リアス線」の開通を、地味ーにPRしていました。エスカレーターで私の後ろに乗った人は「そうなんだ」と思った、かもしれないのですが、いよいよ開通の日が、近づいて参りました。

三陸鉄道リアス線とは、何か。……ということを説明すると少々長くなりますが、日本で最初の第三セクター鉄道である三陸鉄道は当初、北から言うと久慈〜宮古間が北リアス線、釜石〜盛間は南リアス線という名称で運転していました。

では両線の間である宮古〜釜石間はと言うと、ＪＲの山田線が走っていたのです。山田線とは、盛岡を発って三陸海岸方面へと向かい、宮古を経由し、海沿いを釜石まで走る路線でした。ですから久慈から盛へと移動するならば、北リアス線、山田線、南リアス線と、乗り継ぎをしなくてはならなかったのです。

二〇一一年の東日本大震災では、三陸鉄道も山田線も、甚大な被害を受けました。三陸鉄道は徐々に運転を復旧し、二〇一四年には全線で運転が復旧しましたが、山田線の沿岸部は震災後ずっと、不通のままだったのです。

地震のみならず、赤字ローカル線が災害による被害を受けた時、そのまま廃線になってしまうケースはままあります。宮古〜釜石間の山田線もそのような運命をたどるのか。……と寂しい気持ちになっていたところ、同区間の運営を三陸鉄道に移管することが決定。南北のリアス線は一本につながることになったのであり、それが開通するのが、三月二十三日なのでした。

盛から久慈までは百六十三キロということで、リアス線は全国で最も長い第三セクター鉄道となりました。直通列車に乗ると、四時間二十分ほどかかることになるようです。

私も、四月になったら乗りに行く予定なのですが、考えてみれば震災発生から八年、三鉄は刻々とその姿を変えていきました。復旧を終えた区間で運転を再開するのは、学生達の新学期に間に合うようにと三月が多かったのであり、今回もまた、学生達は新しい学年を、新しい三鉄とともにスタートさせることになります。

私はたまたま鉄道が好きなので、東日本大震災の被害とその後の復旧の様子を、三陸鉄道という「窓」を通じて知ることになりました。被災地には様々な「窓」があって、その窓を通じて多くの人がこの八年、コミュニケーションを取り合っていたのだと思う。たくさんの窓から見える風景は、変わりゆくところもあれば、変わらないところもあったことでしょう。

気がつけば、今、七歳以下の子供は、東日本大震災のことをもう知りません。三陸に住む子供達は、三鉄が久慈から盛までつながっていることが「当たり前」と思って、これから生きることになる。

鉄道というと、何があっても変わらずに走り続けるもの、というイメージがあります。たとえば『時刻表昭和史』(宮脇俊三)には、昭和二十年の夏、玉音放送の直後にも、列車が時刻通りに走っていたという印象的な記述があります。

東日本大震災の時は、東京においても鉄道が止まり、歩いて帰宅する人達が列をなしました。しかし深夜からは一部で運転を再開し、鉄道の頼もしさを印象づけたのです。

　東日本大震災の時は、鉄道に乗っていて亡くなった方はいませんでした。鉄道は比較的災害に強い乗り物ではありますが、とはいえもちろん、絶対ではありません。『関東大震災と鉄道』（内田宗治）を読むと、関東大震災の時は、鉄道被害が東日本大震災時とは比べものにならないほどであったことがわかります。

　たとえば神奈川県の根府川《ねぶかわ》駅では、激震で発生した地滑りによって、駅舎、ホーム、線路そして列車が全て、海中に転落。満員だった乗客の中で命が助かったのは、ごく一部の人だけでした。

　根府川駅は今、海を見渡すことができる景色の良い駅ということで有名です。しかし関東大震災の時にそのような大惨事があったことは、ほとんど知られていないのではないか。

　東日本大震災後、折に触れて三鉄に乗りに行くことによって、私は「鉄道は変わる」ことを教えてもらったように思います。災害によって変化を余儀なくされることもあるけれど、人々の熱意や努力によってまた元に戻したり、さらに良くしていくこともできるのだなぁ、と。

　しかし今、鉄道にとって最も大きな敵は、過疎化でしょう。地震や大雨の被害に遭わずとも、乗客の減少によって、十分に使うことができる路線も、廃止されてしまうのですから。

三鉄においても、今後の最大の課題はそこになるのだと思います。地域にとっての血管のようなものである、鉄道。三鉄が一本につながることによって、三陸地方に新たなエネルギーが注ぎ込まれますように。私もたまにではありますが、これからもその変化を眺めるべく、三鉄に乗りに行きたいと思います。

最後に、ラブコール

「政治における男女平等」という新聞の特集で、全国で唯一、女性市議が一度も誕生したことがない鹿児島県垂水《たるみず》市議会の議長のインタビューが載っていました。見出しは、

「女性ゼロ　弊害は感じない」

というもの。男尊女卑の土地柄と言われることは心外で、女性市議はたまたま誕生していないだけ、とのことでした。

「恣意的ではない」ということを示す言葉が、「たまたま」なのだと思います。しかしこの二十年間、一人も女性の候補者すら立っていないことの背景には、女性が政治に距離を置かざるを得ない何らかの事情があることは確かでしょう。が、地元の男性は、その事情を正視する気はなさそう。さらに女性の側も、長年「男尊女子」として生きることが当然だったが故に、下手に立候補などして「出る杭」になりたくないの

だと思う。

昨年できた候補者男女均等法について議長は、「昔から男女平等だと思うのに、女性の背中を押そうという法律ができることは不思議です」とも述べていました。この議長の意見に私は、何だかワクワクしてきたものです。それというのも、「今も、こんな正直に生きている人がいるんだ！」と思ったから。

特に男性達が、「セクハラ・パワハラと思われてはならじ」「ポリティカル・コレクトネスを意識せねば」と、発言に気を遣っている昨今。腹の中では「チッ」と思っていても、それをおくびにも出さない人が多いものです。国会議員などは、差別意識が垣間見える失言を発することがあれど、すぐに謝罪したり、撤回したりするもの。対して、「今風な感覚だと思われたい」とか「叩かれないようにしなくては」といった姑息な意思が全く感じられないこの議長の意見は、清々しいほどに正直です。凡百の政治家なら、

「この状況は問題だと思っている。女性議員を増やすように努力したい」

などと言うであろうに、「鹿児島は、この状態で、すでに男女平等なんです。男の市議だけでも全てに目が行き届いているので、何の問題もありません」と、炎上も恐れずに言うことができるとはさすが鹿児島。……と、鹿児島クォーター（祖母が鹿児

島生まれなもので）の私も、目を見張りました。

日本人の男女平等に対する意識は一様ではない、ということを知らしめる意味で、この記事は貴重です。同じような意見ばかりでなく、社会の片隅からこういった意見を発掘してこそ新聞、というものでしょう。

「女に色々言われることに、もう疲れた。俺も鹿児島に行きたい」と思う男性も、中にはいるかもしれません。しかし女が男に「色々言う」のは、ラブコールなのだと私は思うのです。女性達は、男性に仕返しをしたいわけではないし、男性に勝ちたいと思っているわけでもない。それは男性と上手くやっていきたいと思うが故の発言。

職場で男が女の尻を触るとか、夫が妻を殴るとか。昔の女性達は、そういった行為を不愉快に思っても、「やめて」と言うことができずに、というより、「やめて」と言う手法があることも知らずに、我慢していました。

昭和中頃の婦人雑誌を読んでいたら、当時は夫からの暴力を愛情表現として捉えていた妻もいたようで、長い間殴られずにいると、

「どうして殴って下さらないの」

などと言ったりしたのだそう。殴られる＝私のことを思ってくれている、との洗脳がなされていたのです。

そんな時代があったことを考えれば、「DVはダメ」という意識が浸透して、本当によかった。「どうして殴って下さらないの」と、暴力を愛と捉える夫婦関係よりも、「殴るのはやめて」と言うことができる夫婦関係の方が、ずっと健全ではないか。

平成が終わって次の時代になれば、男女の関係は日本でもさらに変わるものと思います。平成の三十年間、女性のあり方は、変わったようでいてあまり変わりませんでした。女性政治家の割合も、管理職の割合も低いまま。「一億総活躍」するはずだったのに、変化のスピードは遅々たるものだったのです。

平成は、大きな変化の前に力を溜めるための時代だったのではないかと、私は思います。この三十年間で準備を整え、次の時代になってから、色々なことが激変するのではないか。

しかしそんな中でも、やはり男女それぞれにしかできないことは、残るのでした。子育ては男女共にすることができるけれど、出産は、女にしかできない。一方で、身体が大きくて力が強いのは、女よりも男。災害が発生する度に、その強い力を発揮して弱い人々を助ける男性達を見ると、私は心から「男って格好いいなぁ」と思います。

私達は男の人をもっと尊敬したいが故に今、「色々言って」いるのでした。かつての日本に夫に殴られて喜ぶ妻がいたことも、女性が一人もいない市議会があったことも、いつかは笑い話になるでしょう。そうなった時に、男と女はもっと仲良くなることができるのではないかと、私は思うのです。

本連載は、今回で最終回となりました。男性向け雑誌において、女の腹蔵を十五年間披露し続けさせていただいたことに、心から感謝申し上げます。

〈追記〉鹿児島県垂水市では、二〇一九年の選挙において、市制施行以来初の女性議員が一名誕生。現状、女性議員がいない市議会は日本から消えたが、女性議員ゼロの市区町村議会は、まだまだ存在している。

あとがき

「週刊現代」連載のエッセイを約一年分まとめた本として、十三冊目となる本書。読み返してみますと、「人生百年」というキーワードが多く使用されています。寿命が延びることによって、私達の生活には様々な変化が見られるようになったのです。

ほどなく平成が終わりますが、天皇が生きているうちに譲位するという事態も、寿命の延びと無関係ではないでしょう。昭和天皇は八十七歳で逝去されましたが、今上天皇も、その年に近づいています。大正天皇は享年四十七、明治天皇は五十九と、「人生五十年」時代の方だったのに対して、昭和天皇、今上天皇は、ぐっと長寿になっているのです。高齢になってもなお、天皇としての任をまっとうしなくてはならなかった父君の姿を見ていたからこそ、今上天皇は自らの行く末に思いを致した部分もあるのではないか。

今上天皇が退位の希望を表明されたことに、私達は驚きました。しかしその意思は尊重され、変わらなさそうなことも、変わったのです。退位を望む天皇のみならず、「二刀流でいきたい」と言う野球選手、セクハラに「やめて」と言う女性……と、昨今は新しい世界へ通じる扉を、自分の意思で開ける人が、増えてきたのではないか。

扉の先に待つのは、良い事ばかりではありますまい。しかし自分の扉は自分で開けるという流れは、さらに進むのだと私は思います。そしてその流れは、きっと次の時代に新しい波をもたらすに違いないと、平成末期の今、思うのでした。

二〇一八年　年の瀬

酒井順子

文庫版あとがき

平成十六年（二〇〇四）から平成三十一年（二〇一九）年まで、約十五年間続いた「週刊現代」での連載をまとめた、十三冊目にして最後の本が、本書となっています。

平成十六年というと、時の首相は小泉純一郎《こいずみじゅんいちろう》氏。前年には六本木の地に六本木ヒルズができて、ヒルズ族が登場。アメリカでは、マーク・ザッカーバーグ氏がフェイスブックを世に出し……、という頃でした。バブル崩壊後、景気が本格回復したとは言えないものの、新しい時代への動きは激しくなっていたのです。

そんな中で「週刊現代」という中高年男性向けメディアは、盤石《ばんじゃく》のおじさん感を醸し出していました。その頃の同誌では、ヤケクソ気味に大胆なヘアヌードが毎週掲載され、セックス記事もたっぷり。若者男子の草食化が囁《ささや》かれる一方で、同誌はやがて、「死ぬまでセックス」「死ぬほどセックス」といった、中高年にセックスをけしかける特集を連発するようにもなっていきます。

私はそのようなおじさんの花園において、女性性むき出しのエッセイを書き続けていました。男性ばかりの会議に一人混じった女性参加者のように、女性の視線やら本性やらを粛々と提示し続けた姿は、さぞや違和感を放っていたことでしょう。

そうこうしているうちに、時代は変化を続けます。ポリティカル・コレクトネス的な意識が浸透し、性差別やハラスメントにNOと言う声が高まったことにより、おじさんの花園の地盤は、揺らいできたのです。

一時は「死ぬまでセックス」と鼻息が荒かった「週刊現代」も、今ではいかに安定した老後生活を送るか、といったテーマが中心に。男女の差別はもちろんのこと、区別もなくしていこうという動きが激しい世において、「男だけの世界」を愛するおじさん向けのメディアの今後は、不透明です。

しかし男性文化の牙城的な週刊誌において、女としてエッセイを書くという体験は、私にとって貴重なものとなりました。男女の際を溶かす動きが強まれば強まるほど、同性同士の世界を求める気持ちは一部で高まることが感じられましたし、男女差が厳然と残る場所も存在し続けるだろう、とも予測されたから。

「男だらけの会議で発言する女一人」というシチュエーションは、とはいえどんどん減っていくでしょう。いずれは消滅するであろう、そのような〝紅一点感〟を本書から感じ取っていただければ、著者としては幸いに思います。

文庫版の刊行にあたっては、講談社の王伶舒さんに、お世話になりました。読者の皆さまへと共に、御礼申し上げます。

二〇二一年 夏

酒井順子

本書は「週刊現代」２０１７年9月2日号〜２０１８年10月6日号に連載されたものより50本を掲載した単行本に、２０１８年10月27日号〜２０１９年３月30日号連載より20本を追加収録し文庫化したものです。

|著者| 酒井順子　1966年東京生まれ。高校生のときから雑誌にコラムの執筆を始める。立教大学卒業。2003年、『負け犬の遠吠え』がベストセラーになり、婦人公論文芸賞、講談社エッセイ賞を受賞。『オリーブの罠』『子の無い人生』『男尊女子』『百年の女「婦人公論」が見た大正、昭和、平成』『家族終了』『平安ガールフレンズ』『ガラスの50代』など著書多数。

次《つぎ》の人《ひと》、どうぞ！

酒井順子《さかいじゅんこ》

講談社文庫

定価はカバーに
表示してあります

2021年9月15日第1刷発行

KODANSHA

発行者——鈴木章一
発行所——株式会社　講談社
東京都文京区音羽2-12-21　〒112-8001
電話　出版　(03) 5395-3510
　　　販売　(03) 5395-5817
　　　業務　(03) 5395-3615

Printed in Japan

デザイン—菊地信義
本文データ制作—講談社デジタル製作
印刷———豊国印刷株式会社
製本———株式会社国宝社

ISBN978-4-06-524165-3

講談社文庫刊行の辞

二十一世紀の到来を目睫に望みながら、われわれはいま、人類史上かつて例を見ない巨大な転換期をむかえようとしている。

世界も、日本も、激動の予兆に対する期待とおののきを内に蔵して、未知の時代に歩み入ろうとしている。このときにあたり、創業の人野間清治の「ナショナル・エデュケイター」への志を現代に甦らせようと意図して、われわれはここに古今の文芸作品はいうまでもなく、ひろく人文・社会・自然の諸科学から東西の名著を網羅する、新しい綜合文庫の発刊を決意した。

激動の転換期はまた断絶の時代である。われわれは戦後二十五年間の出版文化のありかたへの深い反省をこめて、この断絶の時代にあえて人間的な持続を求めようとする。いたずらに浮薄な商業主義のあだ花を追い求めることなく、長期にわたって良書に生命をあたえようとつとめるところにしか、今後の出版文化の真の繁栄はあり得ないと信じるからである。

同時にわれわれはこの綜合文庫の刊行を通じて、人文・社会・自然の諸科学が、結局人間の学にほかならないことを立証しようと願っている。かつて知識とは、「汝自身を知る」ことにつきていた。現代社会の瑣末な情報の氾濫のなかから、力強い知識の源泉を掘り起し、技術文明のただなかに、生きた人間の姿を復活させること。それこそわれわれの切なる希求である。

われわれは権威に盲従せず、俗流に媚びることなく、渾然一体となって日本の「草の根」をかたちづくる若く新しい世代の人々に、心をこめてこの新しい綜合文庫をおくり届けたい。それは知識の泉であるとともに感受性のふるさとであり、もっとも有機的に組織され、社会に開かれた万人のための大学をめざしている。大方の支援と協力を衷心より切望してやまない。

一九七一年七月

野間省一